최희준 님께

2016. 10. 21.

철수
경

만달이

판달이

강천식 소설집

도화

차례

만달이 7

뼈불 37

빗자루 65

소실점 95

해설 /

고립 속에서 피어난 연꽃 / 김성달 149

작가의 말 179

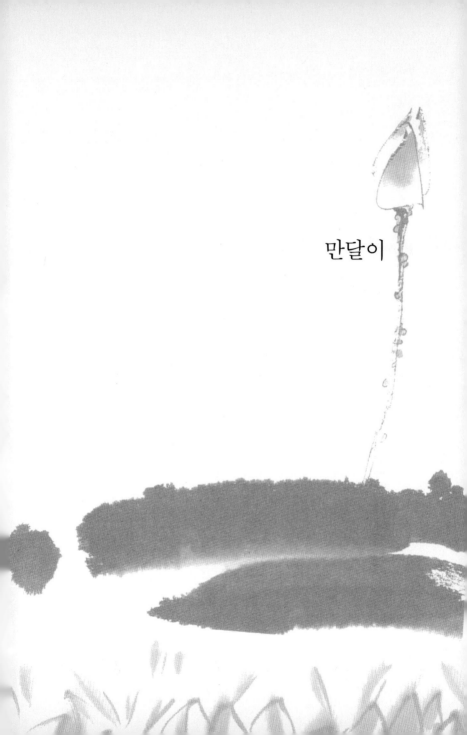

만달이

　　　　　　　　　　동자승은 백설기 한 덩이를
얇은 소지종이에 싸서 조심조심 가슴에 안고 산 아래로 달음
질쳤다. 바위투성이 가파른 비탈길도 다람쥐마냥 잽싸게 달렸
다. 아직 어린 연초록 나뭇잎들이 얼굴을 때렸지만 개의치 않
았다. 마지막 산기슭을 돌아서면 마을이다. 걸음을 멈추었다.
좌측 골짜기로 들어섰다. 마사토벽을 뚫어 만든 만달이굴에 닿
았다. 도랑을 폴짝 건너뛰었다. 비가 많이 와 개삼이 터지면 제
법 많은 물이 흐르고 장마가 지면 요란한 물소리를 내는 계곡
으로 바뀌기도 하지만, 지금은 담배 두어 개비만한 물줄기가
흐르다 마는 정도일 뿐이다. 몇 발자국 더 걸어갔다. 짚으로 엮
은 거적이 둘러쳐져 있다.

　　"계세요?"

아무런 기척이 없다. 몇 번을 더 불렀어도 대답이 없어 그는 거적을 들쳐보았다. 아무도 없었다. 자그마한 동굴 바닥에 마른 나뭇잎들과 짚이 깔려 있었다. 앞쪽엔 구멍이 숭숭 뚫린 요강만한 시커먼 빈 불깡통이 하나 놓여있고, 베개로 쓰는 듯한 작은 나무토막이 옆에 있었다. 동자승은 떡을 빈 불깡통 옆에 살그머니 내려놓고 돌아서 나왔다. 절로 다시 올라가려고 몇 발짝 걸었을 때 느릿느릿 올라오는 사람이 보였다. 만달이었다. 키가 작아 거무스름한 낡은 외투가 무거운지 어깨를 가끔 썰룩거리며 올라왔다. 동자승도 마주 내려갔다. 길게 내려온 외투 밑의 끝단을 양말 속에 집어넣은 회색 승복바지가 살짝 보였다. 지난겨울에 스님 심부름으로 가져다 드린 겨울 승복바지를 지금까지 입고 있었던 모양이다. 이곳저곳 기워 벌어진 검정고무신에 눈길이 닿았던 동자승은 이내 손가락으로 동굴을 가리켰다.

"스님이 떡 갖다 드리랬어요."

만달은 동그스름한 얼굴에 살짝 쌍꺼풀진 눈을 찡그리며 미소를 지었다. 노인이지만 아이 같았다. 동자승도 마주 눈웃음을 날리며 돌아서서 잽싸게 산으로 향했다. 동자승은 주지스님의 배려로 초등학교를 다니고 있었다. 애티는 못 벗었지만, 벌써 3학년이다. 남쪽에 있는 양지말은 학교로 가는 그의 통학로이다. 절 아래 마을 중에 동자승이 가장 많이 지나다니는 곳이었다. 승복을 입고 있을 땐 제법 의젓하지만, 속복으로 갈아입으면 동네 개구쟁이 아이들이나 진배없다. 아이들과 장난치며 노래를 부르고 깡총거리며 마을을 지나오다 산모퉁이로 돌아서는 지점에 다다랐다. 바로 앞엔 동네에서 제일 큰 기와집이 있고 옆 언덕엔 쌍무덤이 있는데 넓은 잔디밭이다. 산소 밑에서 시작한 밭이 모퉁이를 돌아서면서 계속 이어지고 잔디와 밭의 경계 사이엔 커다란 대추나무 한 그루가 서있다. 맑고 따뜻한 날이면 만달이가 앞집 부잣집 할아버지와 함께 그 나무 밑에 나란히 앉아 있었다. 대추나무와 뒷산이 병풍처럼 펼쳐져 있다. 속복을 입은 탓이기도 하지만 신나게 놀다 온 뒤끝이라 동자승은 합장대신 머리만 까딱하며 웃음으로 인사를 대신했다. 만달이도 빙그레 웃는 거 같았다. 모퉁이를 돌았다. 산으로 오르는 시작이다. 옆엔 돌담을 둘러친 세 칸 초가집 두 채가 야트막하게 자리 잡고 있다. 위로는 더 이상 집이 없다. 살살 오르막이 시작되는 곳이다. 이 산 입구는 만달이가 다니는 길이기도 하다. 동자승은 가끔은 이 오솔길에서 그를 만나기도 한다. 늘상 말없이 웃어준다. 가까이서 보면 눈가에 주름도 살짝 떨리지만 몇 가닥 안 되는 희끗희끗한 수염을 사이에 두고 볼과 입 끝이 살짝 올라간다. 사람을 보는 듯 하다가도 먼 허공을 바라본다. 그것이 오히려 편안해 동자승도 만달을 등 뒤로 하고 앞산 멀리 허공을 향해 스스로 남은 미소를 짓곤 했다. 올라갈수록 길이 가팔라 걸음은 조금씩 느려졌다. 숨이 꽤나 찰 때쯤 나타나는 널따란 바위에 책보를 풀어 베개로 하고 눕곤 했다. 오솔길에서 만달이를 만난 날이면 아이들과 다투던 모습이 떠오르곤 한다. 만달이는 거지야, 합창하듯이 아이들이 떠들면 동자승은 목울대에 힘을 주고 큰 소리로 외쳐댔다.

"우리 스님이 그러는데 만달이는 귀한 사람이래."

"정말로 귀한 분이래."

아이들은 말 같지 않은 소리라고 여겨서 오히려 더 큰 소리로 장단을 맞춰가며 합창을 했다.

"만달이는 거지래요. 만달이는 거지래요."

동자승은 그런 날이면 듣기 싫어 마냥 앞으로 내달렸다. 이런 날, 만달이라도 만나면 자신이 잘못한 것처럼 얼굴이 붉어졌다. 만달이는 언제나 미소를 보냈다. 머리를 꾸벅하고 맞받아 미소를 보내고 나면 조금 전의 일들이 잊어지고 그것들이 아무것도 아닌 것처럼 마음이 가라앉고 편안해졌다. 만달이를 못 본 날은 자연히 만달이굴 쪽으로 눈길을 주면서 올라가게 되었다.

오늘은 떡심부름 하느라 늦어서 동자승은 바위에서 쉬는 걸

포기하고 부지런히 절로 갔다. 마당에 들어서니깐 막 저녁 공양이 시작되려 했다.

스님은 아침 공양을 마치고 나서 일어서려는 무생이를 앉혔다.

"오늘은 승복으로 갈아입고 나를 따라가자. 저 건너 산 끝마을 봉미 알지. 거기 사는 신도 집에 안택기도가 있다. 공양미도 받아와야 하니깐 바랑도 지고. 출발할 테니 속히 갈아입고 나오거라."

요즘 무생이는 승복 입는 것이 싫었다. 중학교까지는 몰랐는데 고등학교 들어오고 나서는 백호로 깎아 반질반질한 머리도 싫고 세상과 뚝 떨어져 사는 절이 점점 어색하고 서먹서먹해졌다. 학교에서 까까중하고 놀리거나 어른들이 절집 애 할 때면 세상에 섞이지 못하는 이물질처럼 외롭고 우울해졌다.

무생이란 이름도 싫었다. 백일을 넘긴 지 얼마 안 되는 아이를 절에 몰래 버리고 간, 누군지도 모를 부모가 원망스럽기도 하고 안타깝기도 했다. 무생이란 이름은 버려진 아이를 보고 어이구, 태어나지나 말걸 하고 혼자 중얼거리던 스님이 머리를 탁 치며 없을 무無자에 날 생生자 무생이라고 하자고 해서 생긴 이름이다. 어렸을 땐 무생아 무생아 부르는 이름이 듣기 좋았다. 왜 무생이라 했는지 알면서도 좋았다. 고등학교 때 부터는 친구들이 무생이가 뭐냐? 왜 무생이냐? 물었지만 차마 출생얘기는 할 수 없었다. 다행스럽게도 스님은 없을 무無자를 쓰지 않고 호반 무武로 출생신고를 해서 아이들에게 한자를 써 보이며 그때그때 적당히 둘러댔다. 어떤 친구는 어머니를 따라 절에 다니는 독실한 불자라며 스님스님 부르며 극히 공경한 태도를 보여 그것도 견디기 어려웠다. 절에 돌아와서도 가급적이면 승복을 입지 않았다. 큰 행사가 있을 때도 승복을 입지 않고 있어 스님께 혼나기도 했다. 스님은 그런 무생이의 태도를 눈치채고 가급적이면 승복을 입힐 거리를 만들었다. 오늘도 그런 의미가 담겨있었다.

"스님, 곧 2학년에 올라가는데 학교 수업을 따라가기가 힘들어요. 공부하고 있을래요. 따라가지 않으면 안 될까요?"

"안 된다. 지고 올 것도 많고……"

무생이 가기 싫어 늑장을 부리는 통에 사시가 다 되어 출발했다. 봉미를 가려면 서쪽인 등골로 내려가야 한다. 뿌르퉁하니 말없이 따라오는 무생이가 안타까워 등골이 가까워올 때쯤, 말문이나 열게 하려고 스님이 입을 떼었다.

"이 산 이름이 왜 배부룽산이지 않느냐?"

"다른 산은 치악산, 백운산, 명봉산, 태기산 한자로 써서 꽤 유식하고 유명해 보이기도 하고 멋있게도 들리지? 배부릉산은 처음엔 배부릉이었다가 뒷날 산자를 붙인거야. 장마 때 물이 불어나면 물자를 실은 배가 특히, 소금을 실은 배가 읍내까지 들어오는데 이 산꼭대기에서 저 멀리서 배가 보이면 배 온다고 소리쳐 읍내에 알렸다고 하지. 그럴 때 배를 불렀다고 해서 배부릉산이 된 거야. 순 한글이니 부르기는 쉽지만, 근사한 산 이름이 아니라서 처음 듣는 사람은 산같이 여기지 않을 지도 몰라. 뭐 그렇지 않을 수도 있고…… 읍내에서 보면 배가 잔뜩 부른 사람이 자는 것처럼 보여 배부른 산이라고도 하지. 재밌지?"

스님은 무생이 듣거나 말거나 대답을 하거나 말거나 또 얘기를 시작했다.

"지금 우리가 서있는 이 언덕 말이야. 이 언덕도 이름이 있어. 자피골이야."

제법 가파른 이 언덕을 내려서면 편평한 길을 따라 마을로 들어설 수 있다. 스님의 이야기가 다시 이어졌다.

"지금 여기 이 마을에 사는 젊은 사람들의 현조할아버지쯤 될 거야. 조선시대 말기쯤 되겠지. 이 마을에 처음 정착했던 사람들의 얘기지. 저녁 늦게 나무를 지고 내려오다 호랑이를 만

낫대. 지게를 버리고 죽어라 이 언덕으로 뛰어 넘어 달아났다
는 거야. 여기 이 언덕에서 호랑이에게 하마터면 잡힐뻔해서
자피골이 된 거야. 재밌지?"

이전에도 들어본 이야기라 무생은 마지못해 네, 네 하고 대
답했다. 가파른 언덕을 내려서기 직전, 한 떼의 사람들이 올라
오고 우측 옆 기슭에도 제법 큰 돌들을 걷어내는 사람들이 보
였다. 이장과 함께 여러 사람들이 거적을 덮어씌운 것을 들것
에 운반해 오고 막걸리 통을 둘러멘 사람, 지게에다가 그릇이
며 이것저것 지고 오는 사람, 길 옆의 산 밑에서는 누군가가 불
을 피우고 있었다.

"스님! 어디를 가셔요어?"

이장이 반갑게 스님을 대한다. 스님은 대답 대신 무슨 일인
지 궁금해 두리번거렸다.

"스님, 만달이가 죽었네여. 동네 사람이 아침에 발견했으요.
와 보니 곳집 문고리를 붙들고 얼어 있더라구요어. 모든 조처
는 끝났고 동네 사람들이 함께 묻어 줄려구여."

"아니, 만달이가 자기 굴을 놓아 두구 왜 곳집에서 죽었
지……"

그는 동네 뒤편, 산으로 올라가는 입구에 굴을 뚫어 놓고 지
냈었다.

"에이, 그게. 저이가 양지말, 등골을 삼 년 가까이씩 번갈아 살었잖아요어. 근데 사 년이 늠어도 양지말로 가질 않으었지여. 새마을운동을 하면서 농로를 확장헌다구 지난 해 가을무렵으에 굴이 길루 들어 가면서이 읎어져 버렸어요어. 그래스어 급한 대루 저 곳집을 쓰라구 이불도 구해 주었지어어. 굴보다는 나을 거라 여겼는데 날씨가 너무 추워서이…… 옷이라두 몇 벌 더 구해줄 걸…… 늙기두 했구, 무척이나 쇠약해졌든 거 같기두 했네요어. 말을 잘 안 흐어니까 그이 사정을 잘 몰랐구여."

곳집은 상여를 보관하는 곳이라 마을과 좀 떨어진 한적한 산기슭에 있는 것이 보통이다. 만달이굴에서는 조금 위쪽으로 가까이 있다 보니 자연 거기로 가게 된 거 같기도 했다. 송판으로 둘러 쳐진 벽에 지붕서까래와 벽채의 연결 부분은 뻥 뚫려 있고, 나무문이 아귀가 맞지 않아 바람막이가 제대로 되지 않았다. 한데나 같은 곳이다. 굴속이었으면 얼어 죽진 않았을 텐데, 하는 말이 스님 입 밖으로 나오려는데 약간 안스런 표정을 짓던 이장이 재빨리 장례문제로 말을 옮기는 바람에 그럴 기회는 없어져 버렸다.

"봉분이 있으면 무얼해요어. 애창이 무덤루 해야지어어. 마침 잘 되었네. 스님! 아주 바쁘시지 않으시면 염불이라두 좀 부탁해요어."

스님은 바랑을 내려 가사장삼을 꺼내 입었다. 요령을 손에
쥐고 이장을 따랐다. 산 밑 밭을 가로질러 산기슭에 닿았다. 며
칠 전 내린 눈이 이곳저곳에 남아있다. 좀 전에 빼낸 돌자리를
한 사람이 곡괭이로 연실 찍었으나 얼은 땅이 쉽게 파지지 않
았다. 이장이 조금 위, 눈이 녹은 양지쪽의 마사토는 꽁꽁 얼지
않았다며 그 곳으로 장소를 옮기게 했다. 여럿이서 큰 돌을 지
렛대를 이용해 들어내자, 흙도 제법 쉽게 파졌다.

"스님! 춥지요. 불 좀 쬐고 하시지요."

하얀 눈밭이 냉기를 뿜는 한가운데, 불꽃을 일렁이며 모닥
불이 활활 타올랐다. 맨손을 드러내고 불을 쬐는 스님에게 이
장이 목장갑을 쥐어줬다. 무생도 얻어 끼었다. 얼마 뒤, 땅을
다 팠다는 소리가 들려오고 시신을 실은 들것이 들려졌다. 스
님은 따라가며 딸랑딸랑 요령을 흔들며 나무아미타불을 연호
하고 무생도 합장을 하고 정성껏 따라했다. 들것을 든 네 명 가
운데 한 사람이 상여꾼들 하는 어허령차 어어허를 반장난조로
한 것을 나머지 사람들이 한꺼번에 받아쳐버렸다. 소리가 합
창이 되고 스님의 요령과 염불소리도 자연 함께 박자를 맞추었
다. 멀리서 들으면 진짜 상여가 나가는 줄 여길 것 같았다. 잘
가던 들것이 천광을 몇 발자국 앞에 두고 제 자리를 서성이며

앞으로 나가질 않았다. 이장이 앞으로 나서며 언성을 높였다.

"이 사람들아! 으서 가야지 왜들 이러구 있어. 어여 가아."

앞잡이 중 이장 옆에 사람이 또랑또랑하게 내뱉었다.

"상주가 한 잔 올려여지 아니믄 못 가여."

"상주가 으딨어어? 쓸데읎는 소리들 말구 어여 가아."

"동네서 치르는 일인데 상주가 누구겄어여어. 이장이 상주
지이."

여기저기서 맞으어, 소리가 튀어나왔다. 한 편에선 키득거
리며 만달이가 복이 많으이, 상주 잘 두었네이, 이 소리 저 소
리가 흘러나왔다. 남녀노소 할 거 없이 존칭 생략하고 만달이
라고 불렀다. 자신이 아는 만큼의 만달이 사연들이 연방 터져
나왔다. 그는 마지막 가는 길에 자신에 대한 입방아를 누워서
원 없이 듣고 있었다. 마지못해 이장은 들것 앞에 잔을 붓고 절
까지 했다. 여느 집 장례에 상여꾼들의 짖궂은 행동을 여기서
도 반쯤은 장난을 섞어 해본 것이다. 그 덕에 잠시 추위도 잊었
다. 모두들 서글퍼질 수도 있는 이런 장사를 조금이라도 따뜻
하게 보내려는 거 같았다.

거적을 제치고 시신이 들어 올려졌다. 천광 속에 놓였다. 시
신은 낡아서 너덜거리는 코트를 그대로 입고 있었다. 몸이 약
간 비틀어졌고 문고리를 잡았던 오른쪽 팔이 덜렁 들려 있는

것 외에 눈을 감고 있는 만달의 얼굴은 평화로워 보였다. 스님이 장례절차에 따른 염불을 읊조렸다. 요령소리도 빨라졌다. 무생은 만달이 양지말에서 등골로 옮기고 나서는 자주 보지 못했다. 어쩌다 등골로 지나갈 일이 있을 때 언덕에 쭈그리고 앉았거나 느리게 지팡이를 짚고 걸어오는 모습을 간간히 볼 수는 있었다. 웃는 모습이 약간 힘이 없어 보일 뿐 별 탈은 없어 보였다. 무생은 그렇게 그를 볼 때마다 정든 사람과 헤어졌다 다시 만나는 것인 양 무척 반가웠다. 그런데 그가 죽었다. 이제는 그를 다시 볼 수는 없다. 무생은 코끝이 찡하고 눈물이 맺히는 걸 어찌할 수 없었다. 시신 위에 거적을 씌우고 흙을 적당히 덮은 다음 뽑았던 돌로 꾹 눌러버리고, 옆은 작은 돌로 채워 막아버렸다. 돌무더기일 뿐이다. 장례는 끝났다. 스님도 염불을 끝내고 요령을 잡은 채 합장을 하며, 친구에게 지껄이듯이 돌을 향해 한마디 했다.

"이젠 태어나지 마시게."

누군가가 아쉬웠던지 발로 돌을 밟으며 회다지 소리를 했다. 그러자 몇 사람이 달라붙어 함께 발을 구르며 이야호리 달회이야를 반복했다. 스님은 가사장삼을 바랑에 챙겨 넣고 이장에게 합장을 하고 작별을 고했다. 동네에서 마련한 술이며 음식들이 갖고 온 몇 개의 개다리소반에 차려져 있어 이장이 들고 가길 권했지만, 시간이 너무 지체되어 한사코 사양하고 무생이를 재촉해 길을 떠났다.

만달이는 6 · 25가 끝나갈 무렵 이 마을에 들어왔다. 육십은 넘어 뵈는데 정확한 나이를 몰라 칠십이니 팔십이니 마을 사람들은 떠들었다. 남쪽에서 온건 사실이지만 정확하게는 어디서 왔는지 아무도 몰랐다. 이름도 몰랐다. 궁금증을 못 참은 마을의 누군가가 물었었다. 대답 대신 그가 재채기를 해댔다. 옆에 서있던 한 사람이 우스갯소리로, 만무어라잖으어, 하니까, 그 뒤에 서있던 사람이 낄낄거리며, 십환두 아니구 만환을 달라는 소리겠지, 해버렸다. 처음 물었던 사람이, 거지니까 그럴 수두 있지, 그려, 맞으어, 까짓거 만달이라고 부르면 되겠네, 선달이 건달이 보다 훨씬 낫잖으어, 하고 헛소리를 지껄인 후 그를 보고 빙긋이 웃으니 그도 따라 웃었다. 그리고 만달이가 되었다.

그런데 얻어먹고 살긴 하지만 만달이가 뭘 달라고 한적은 한 번도 없었다. 달라고 하는 대신 제법 살만한 집 앞 대문에 우두커니 서있었다. 거지라고 하기엔 너무 점잖아서 그 집 안주인이고 며느리고 작은 소반에 밥과 반찬을 담아 문 앞에 놓아 주면 아주 맛있게 먹고 갔다. 하루 한 끼면 그만이었다. 안 주면 굶었다. 마을에 장사가 나거나, 회갑이나 혼례 같은 큰일이 있을 때면 이집 저집 다닐 필요가 없었다. 한쪽 구석에서 실컷 먹고 술도 한잔씩 얻어 마셨다. 큰일 집에는 어느 구석엔가 만달이 있었다. 누가 뭐라 물으면 대답 대신 그저 빙그레 웃기만 하니, 이런 큰일 집에선 그의 웃음주름이 펴질 짬이 없다. 그는 남쪽에 있는 양지말에서 한 삼 년 지내고 나면, 서쪽에 있는 등골에서 삼 년을 지내곤 했다. 한 마을에서 지내기 시작하면 굶어도 그곳을 벗어나지 않았다. 마을 한구석 어디엔가 아니면 나무 밑, 언덕바지 같은 곳에 조용히 서있거나, 가만히 앉아 있다간 슬그머니 굴속으로 들어가 버린다. 양쪽 마을 모두 아무리 먹고살기 힘들어도 만달이 하나쯤은 끼고 살았다.

당시의 거지들은 떼로 몰려다니고, 게다가 상이군인 거지들은 아주 무서웠다. 포탄에 찌그러진 얼굴을 한 사람, 외팔이, 목발을 짚은 외다리에 양팔이 아주 없는 이는 여자와 어린아이까지 데리고 다녔다. 살만한 집에서는 이들이 나타나면 쌀말께나 담아주었다. 그렇지 않으면 행패를 부렸다. 누구 땜에 이렇게 사는 줄 아느냐, 우리가 빨갱이 놈들과 목숨 걸고 싸운 덕에 잘 먹고 잘 사는 거 아니냐, 니 뱃대지만 뱃대지냐 같이 먹고 살자며 덤벼들었다. 심하면 벼라 별 욕지거리를 다 퍼붓고 죽일 듯이 인상을 쓰고 줄 때까지 고함을 치고 대문을 가로막고 있으니 차라리 얼른 퍼주는 게 상책이었다. 실상은 구걸온 것이 아니고 강탈하러 왔다는 것이 맞다. 거지라면 불쌍한 경우도 있지만, 보통은 구질구질하고 더럽고 무서운 인상인데 만달이는 그런 거지의 모습을 손톱만큼도 찾아볼 수 없었다. 다들 양반거지여, 아니 부처님 가운데 토막이여, 라고 했고, 떡이라도 하면 아이들을 시켜 만달이굴로 보내주기도 했다.

둥골에 온 지 사 년이 넘어서도 양지말로 가지 않고 있었다. 까닭이 없는 것이 아니다. 녹음이 짙어 가던 어느 날, 자신의 굴로 들어서던 만달은 깜짝 놀랐다. 젊은 남녀가 아랫도리만 까고 끙끙거리며 그 짓을 하고 있었다. 얼른 거적을 닫고 나와 도랑 옆에 쭈그리고 앉아 있는데, 젊은 사내가 쫓아 나왔다. 월남에서 제대한 지 얼마 안 된 정씨네 아들이었다. 요 근래 동네방네 오가며 월남에서 전투하던 장면을 손짓 발짓 섞어 떠들고 다니던 그였다. 여인도 아는 얼굴이었다. 진씨 댁으로 시집온 지 일 년 남짓한 새댁이었다. 사내는 다짜고짜 만달이의 목을 움켜잡고 패대기를 쳤다. 고꾸라지면서 돌에 머리를 부딪쳤다. 잠시 기절한 듯이 엎어져 있는 만달의 머리 위로 사내의 목소리가 우렁우렁 울려 퍼졌다.

"이 얘기를 어디서고 떠들면 죽여버릴 거다."

몇 번인가 다짐을 하고 그들은 사라졌고 힘없이 널브러져 있던 만달이를 일으켜 앉힌 건 마침 나무를 해서 지고 내려오던 박씨 영감이었다.

"어이 만달이 왜 이러나? 어디 아픈가?"

만달이는 몇 번인가 제쳐 묻는 박 영감에게 아무 말도 할 수 없었고, 어느 정도 몸을 추스른 그는 불깡통만 달랑 들고 양지말을 떠나 등골로 간 것이다.

무생은 고등학교를 졸업하자마자 절을 떠났다. 서울로 가서 급한 대로 중국집에 취직을 해 그릇도 닦고 양파도 깠다. 수입이 꽤 된다는 여관 술집 삐끼 생활도 했다. 깡패들 세력다툼에 말려들어 교도소도 두어 번 들락거리는 사이 몇 년 세월이 훌쩍 지나갔다.

스물다섯 되던 해에 다방에서 친해진 미스 최와 동거에 들어갔다. 미스 최는 정말 예뻤다. 무생은 식은 올리지 않았지만 자신과 천생배필이라고 생각했고 아내로 여겼다. 이 여인을 위해 모든 것을 다 바치고 살겠다고 굳게 결심했다. 아내가 싫어하는 유흥가 쪽 일은 그만두고 몸은 고달프지만 건축현장으로 나갔다. 닥치는 대로 열심히 일을 했다. 집에 돌아올 땐 온 몸이 쑤시고 아팠지만 아내를 바라보면 행복했다. 그러던 어느 날, 반지하에 있는 단칸 셋방에 들어서려는데 남자 신발이 눈에 띄었다. 문을 열고 들어서자 사내에게 맞았는지 아내는 바닥에 엎어져 울고 있었다. 피가 거꾸로 솟구쳤다.

"너, 이 새끼 누구야?"

"넌 뭐야? 이년은 내 여자야. 내가 데려갈 거야. 비켜."

그 놈은 아내의 머리채를 잡고 끌고 나가려 했다. 자그마한 부엌 찬장 옆에 걸려있던 식칼이 눈에 들어왔다. 손에 잡고 힘껏 놈의 배를 찔러버렸다. 요행히 그놈은 죽지 않았지만 무생은 다시 교도소로 들어갔다. 처음엔 자주 면회 오던 미스 최가 일 년쯤 지나선 도무지 나타나지 않았다. 잊기로 했다. 무생은 교도소에서 조적기술을 배웠다. 정말 열심히 배웠다. 다행히 그놈이 죽지 않은 탓에 삼 년 뒤 만기 출소할 수 있었다. 이 무렵부터 무생은 가끔씩 떠오르는 모습이 있었다. 부모의 모습은 애당초 알지도 못했고, 가끔씩 야단치시던 스님의 모습이 떠오르긴 했지만 그립거나 보고 싶진 않았다. 그런데 정말 보고 싶은 모습이 있었다. 학교 갔다 올 때, 언덕 산소 옆 대추나무 가에 앉아 있던 모습, 오솔길에서 마주치면 빙그레 웃던 모습, 도랑에 쭈그리고 앉아 한없이 흘러가는 물을 바라보던 아담한 노인, 굴 위 언덕에 올라서 해 질 녘의 마을을 한없이 바라보던 노인, 만달이었다. 답답하고 고달픈 교도소에서 잠이 들면, 꿈속에서나 잠깐 보이던 그 모습이 왜 그렇게 평화롭던지, 그런 날은 누가 보면 참 여유롭구나 할 정도로 마음이 편안했다.

교도소에서 배운 조적기술이 완벽하진 않았지만 십장을 잘 만났다. 그는 너그럽고 의리도 있어 한 번 인연을 맺으면 쉽게 사람을 버리지 않았다. 덕분에 무생은 차츰차츰 실력도 늘었고 그만큼 수입도 늘고 대접도 괜찮았다. 공사 현장을 따라 이곳저곳을 떠돌았다. 그러던 중 꽤나 장기간 공사를 하던 현장 앞 식당에서였다. 이곳은 외상으로 달아 놓고 밥을 먹는 함바집 같은 곳이었다. 그날도 무생은 일을 마치고 식당 안으로 들어섰다. 홀서빙 아줌마에게 브이자로 손을 흔들어 주고 웃음을 날리는 걸로 대신했다. 아줌마도 큰소리로 어서 오라며 받아주며 활짝 웃어주었다. 기분 좋게 의자에 앉았다. 물컵이 식탁 위에 놓여졌다.

"셀프로 해도 되는데……"

일반인은 물컵을 서비스하지만 상시 식사를 하는 인부들은 물 정도는 스스로 떠다 먹는다. 그래서 무심코 지껄이면서 약간 이상한 느낌이 들어 쟁반을 들고 서있는 여인을 쳐다보았다. 처음 본 얼굴이다. 눈이 살짝 마주쳤다고 느끼는 순간, 무생은 멍해지면서 몸이 굳어버리는 것 같았다. 반대로 심장은 심하게 쿵쾅거리며 빨리 뛰었다.

"으응! 여기 사장님 막내 동생이야. 요즘 쉬고 있어서 오빠 도와준다고 나오고 있어. 미스야."

뒤에서 아줌마의 카랑카랑한 목소리가 들리지 않았으면 그대로 굳어버렸을지도 몰랐다. 무생은 밥을 코로 먹었는지 입으로 먹었는지도 모르고 허겁지겁 밖으로 나왔다. 숨이 멎을 것 같았다.

뒤로 묶은 긴 머리가 살랑살랑하고 쌍꺼풀이 진 눈은 살짝 미소를 머금고 있었다. 도톰한 양 볼은 깜깜한 방에서도 유난히 흰빛을 띄우고 밤새도록 사라졌다 나타나기를 반복했다. 무생은 잠을 이룰 수 없었다. 일이 끝나면 틈틈이 마음에 맞는 인부들과 술과 안주를 시키며 매상을 올리려 애썼다. 그러면서 사장의 누이동생 미스 박과 자연스럽게 말문을 트게 되었다. 그녀는 차츰차츰 무생에게 호감을 갖게 되었고, 둘은 가끔씩 영화관을 함께 갈 정도로 발전했다. 십장도 열심히 도왔다. 심성이 참 착한 놈이다, 알뜰해서 틀림없이 부자가 될 거야, 기술도 이 현장에서 제일 뛰어나다, 키도 크고 잘 생긴 무생이를 만나는 여자는 정말 행복할거야, 등등 시간이 날 때마다 칭찬을 하고 다녔다. 현장을 옮긴 이후에도 두 사람은 계속 만났고 무생이 작은 방 한 칸에서 전세로 얻을 때 쯤, 주변의 도움을 받아 소박하게 결혼식을 올리고 보금자리를 꾸렸다.

얼마 뒤 떡두꺼비 같은 아들 둘을 낳았다. 알뜰히 모은 돈으로 택지를 사고 대출도 받고 빚도 좀 얻어 건물을 지었다. 그동안 쌓은 기술과 실력으로 직접 공사를 해서 많은 비용을 절감할 수 있었다. 지어서 되팔기를 반복했다. 큰 아이가 중학교에 들어갈 즈음엔 육층 건물 하나를 소유할 수 있었다. 그러고도 쉬지 않고 일만 했다. 과유불급이랄까, 어느 날 기어코 몸에 탈이 났다. 심한 노동의 후유증으로 허리를 거의 쓰지 못할 지경이 되었다. 아내의 지극한 간호와 병원의 재활치료 덕분에 이년쯤 뒤에 어느 정도 정상이 되었다. 배운 게 도둑질이라고 다시 노동현장에 들어서고 이번엔 목수 보조로 시작했다. 몇 년 흘러 못 주머니를 차고 제법 일을 할 때쯤 또 건축을 시작했다. 지난 경험이 도움이 되었다. 여러 현장을 거느린 제법 큰 규모의 회사수준으로 발전했다. 그런데 호사다마라고 아이엠에프 사태가 터져버렸다. 그간 벌어 놓은 모든 재산을 다 날리고도 남은 빚이 엄청났다. 아내는 생활비를 벌기 위해 식당에 나갔고 무생은 좁은 지하 단칸방에 들어 앉아 있는 자신이 한심해 무작정 가출을 했다. 이 도시 저 도시를 떠돌며 용역일을 다녔다. 어느 한 곳에 일자리를 정해 놓은 것이 아니라서 다행히 빚 추심으로부터는 어느 정도 자유로웠다. 허름한 여관집에 방 하나를 얻어놓고 나름 열심히 살았다. 돈이 좀 모이면 남김없이 집으로 부쳐주었다. 그렇게 벌어다 주는 돈이 보탬이 되었는지 아이들은 대학을 다닐 수 있었다. 뿌듯했다. 아무리 힘들어도

참을만했다.

하루의 일이 시작되면 시계바늘에 바위라도 달아 놓은 것처럼 느리던 시간이, 뒤를 돌아보니 정말 쏜살같이 흘렀다. 첫째는 제법 큰 회사에 취직을 했고 얼마 뒤 둘째도 소방관으로 재직하게 되었다. 여유가 생긴 아내는 틈틈이 남편이 얻어 놓은 작은 원룸을 찾아왔다. 된장찌개가 끓기 시작하면 무생이 들어왔다. 식사가 끝나갈 때쯤 아내가 입을 열었다.

"여보 큰 아들 결혼식 날짜도 받았는데 미리 서울 올라가서 준비라도 해야 되는 거 아니에요?"

"내가 가서 뭘 할 일이 있어? 폐만 되지. 성길이 전세 얻는 데 제대로 보태 주지도 못하고……"

"당신이 고생해서 보내준 돈 덕분에 작은 아파트 전세라도 얻었고 거기서 애들 교육 시켰잖아요. 당신은 할만큼 했어요. 우리 형편에 그만했던 것도 정말 다행이에요. 아이엠에프 때는 다 죽은 걸로 생각했는데…… 당신 정말 대단해요. 고맙고……"

"내 실수로 재산 모두 날리고 당신은 식당일이며 온갖 궂은 일 마다하지 않고 숱한 고생을 했잖아. 당신이 고맙지."

"그게 왜 당신만의 잘못이야? 그 땐 세상이 다 망해 돌아갔는데…… 이젠 둘째 성진이 까지 직장 잡았고. 애인도 생긴 거 같고…… 당신하고만 지낼 수 있으면 참 좋을 텐데…… 하기사 이제 여유가 생겨 당신 보러 내려오는 것도 재미있구 괜찮아. 애들 다 키워 놔서 한숨은 돌린 거 같아. 참, 내년 봄엔 당신 환갑 기념으로 여행이나 가요. 그동안 내가 저축해 놓은 돈도 좀 있고."

무생은 환갑이란 소리에 약간 놀란 표정이었다. '벌써 나이를 이렇게 먹었나? 빨리도 세월이 흘렀군. 예전에 스님이 이 세상 덧없는 거야. 무상이다. 무상' 하던 말씀도 언뜻 떠올랐다.

"그럼, 그렇게 합시다."

이십 층 건물 마지막 층이 올라가고 있었다. 비계 안전판에 의지해 서서 거푸집 작업을 하고 있었다. 펌판 연결부위에 타일을 끼우고 핀을 채우고 고정파이프에 고리도 채우고 바쁘게 일을 해나갔다. 그러다 갑자기 무생은 망치를 든 채 거푸집에 기대 눈을 감았다. 또 만달이의 모습이 떠올랐다. 꽤 오래전부터 이런 현상이 지속되었다. 오늘은 여느 때보다 더욱 심해 한없이 멍청하게 서있었다. 간간히 빙그레 웃기도 했다. 만달이 웃고 있기 때문이다. 만달이 먼저 보일 때도 있지만, 주로 산이 먼저 나타났다. 뒤이어 만달이 산과 겹쳐지고, 빙그레 웃으면 뒤의 화면이 언덕 위 대추나무로 바뀐다. 소나무, 참나무, 느티

나무로 이어가다 바위에 앉아 있기도 한다. 갑자기 만달이 사라지면 무생은 아쉬움에 몸을 부르르 떤다. 다시 나타날 땐 나무줄기에 만달이의 모습이 보이다가, 나무 전체가 만달이로 바뀌어 버리기도 한다. 무생 자신도 숲속으로 들어간다. 나무들에 휩싸이면 그저 아늑하고 평화로운 세계로 들어가 버린다. 지금 일하고 있는 자신을 잊어버린 것이다. 갑자기 큰 소리가 들려왔다.

"야! 무생이! 왜 그러고 있어? 어디 아프냐? 다쳤니?"

형님, 동생 하는 사이의 십장 목소리였다. 평소 워낙 성실히 일하는 무생이를 무척 좋아하긴 했지만 요즘 들어 가끔 저렇게 멍청한 상태가 되어 있을 땐 혹시 사고라도 날까 봐 몹시 불안해했다.

"아시바에서 내려 와. 그 옆에 최씨! 무생이 상태가 안 좋은 거 같으니 무생이 하던 일은 자네가 마무리해."

정신을 차린 무생이 비계에서 내려왔지만, 꿈속을 헤매는 거 같아 일을 할 수 없었다. 안전띠도 풀고 못 주머니도 벗었다. 핑계를 댔다.

"형님, 몸 상태가 안 좋은 거 같아서 오늘은 그만 들어가야겠어요."

"그래. 그렇게 해. 가서 몸조리 잘 하고 병원이라도 가 봐."

샤워는 포기하고 대충 세수만 했다. 작은 냉장고엔 여러 용기에 담긴 반찬이 가득하다. 그저께 왔다가 어제 올라 간 마누라 덕이다. 밥솥에 밥을 푸고 반찬을 꺼내 놓고 소주까지 한 병 땄다. 짜릿하게 넘어가는 술이 뱃속까지 후끈했다. 술기운이 살짝 돌면서 만달이의 모습이 또 떠올랐다. 그런데 눈물이 났다. 현실과는 너무 거리가 멀었다. 만달이처럼 산다는 건 도무지 불가능해 보였다.

무생은 어렸을 적부터 빨리 어른이 되면 가정을 만들어 보는 것이 최고의 목표였던 거 같았다. 스님은 그런 건 조신의 꿈일 뿐이라고 했지만, 그는 속가의 여느 집들처럼 살고 싶었다. 가족이 생기고는 너무 행복했다. 뼈가 부서져라 일을 해도 힘든 줄 몰랐다. 생계를 꾸리기 위해 한 푼이라도 벌려고 머릿속엔 일과 돈 밖에 없었다. 시간은 일에 종속되었고 몸뚱아리는 돈을 벌기 위해 세상의 노예로 바쳐졌다. 아이들이 성장하면서 더 많은 일을 했다. 그에게 일은 습관을 넘어 중독이 되었다.

그런 삶이 육신은 물질덩어리라 어차피 소멸된다는 것에 대한 예지를 사라져 버리게 했다. 그는 절집에서 크면서 수없이 들었었지만, 어느 날 까마득히 잊어버렸다. 일과 생존은 동시에 한없이 지속될 것이고, 영원히 벗어 날 수 없는 당연한 속박이라는 느낌만 존재했다. 그것은 몸과 마음이 오랜 세월 강박스럽게 단련시킨 결과였다. 덕분에 아이들도 잘 키우고 어렵사리 가정도 지켜냈다.

강인함으로 말하면 자타가 공인하던 무생이었다. 그런데 벌써 삼 주째 일을 나가지 않았다. 아내는 걱정이 되어 두 번이나 왔다 갔다. 십장은 전화도 여러 번 하고 직접 찾아왔었다. 친하게 지내던 동료들도 찾아왔다. 아프다는 핑계를 대긴 했지만 그건 아니었다. 뭔가를 골똘히 찾고 있는 자신을 설명해줄 방법이 없는 탓이기도 하다. 정신병이 아닐까 고민도 해보았지만 그러기엔 머리가 맑고 너무나 평온했다. 다만 일을 나가려 하면 그때 머리가 뻐근해지고 몸이 무거워지며 발걸음이 떨어지지 않았다. 포기하면 언제나 신기하게도 만달이의 모습이 나타났고 점점 더 깊이 각인되어 갔다. 요즘은 자신이 만달이가 아닌가 하고 깜짝 놀랄 때도 있다.

지방에서의 모든 것들을 다 정리하고 작은 아들과 함께 사는 아내에게로 돌아왔다. 십칠 평 아파트지만 응접실과 방이 두 칸이다. 안방은 아들이 쓰고 작은 방에 내외가 살아도 괜찮을 거 같았다. 하지만 아들은 아버지가 오셨으니 큰 방을 쓰시라고 짐들을 옮기려 했다. 무생은 며칠만 기다리라고 보류시켜 놓았다.

무생은 옛날 기억을 더듬어 양지말 쪽 만달이 굴을 찾아보았다. 바로 위에 전원주택이 들어서면서 길로 까뭉개져 버렸다. 산기슭 능선만 예전 모습으로 남아 있었다. 정겹던 오솔길도 사라지고 시멘트 포장길이 되었다. 허전함만 안고 산 능선을 걸어 넘어 등골로 내려가 보았다. 그곳도 만달이 생전에 이미 까뭉개져 없어져버렸다. 농로길을 건너 산기슭에 쭈그리고 앉았다. 집을 잃어버린 사람이나 된 것처럼 갑자기 갈 곳이 없었다.

어제 저녁 아내에게 혹시나 내가 없게 되더라도 날 찾지 말라고 얘기했을 때, 아내는 이이가 미쳤나, 쓸데없는 소리를 지껄이지 말라며 핀잔을 주었지만 더 이상 대꾸하지 않고 슬그머니 서울을 떠나 이곳으로 온 것이다. 돌아갈까? 아니야, 다시는 끄달려 살고 싶지 않아. 마을을 벗어나 삽을 한 자루 사고 주머니에 있던 나머지 돈 이만 원과 잔돈 몇 푼을 모두 길거리에 버려버렸다. 아스팔트를 벗어나 인근 산으로 올라갔다. 능선을 넘어서니 조그만 연못이 보이고 조금 위쪽에 작은 도랑물이 연못으로 흘러 들어가고 있었다. 조금 위쪽에 분명히 샘물도 있을 것이다. 무생은 도랑 옆쪽, 마사토 벽을 유심히 노려보다 삽질을 하기 시작했다. 일로 단련된 몸이라 늦게 시작했지만 달빛을 받아가며 판 굴이 한밤중이 되어서 완성이 되었다. 유월

초이지만 한밤중은 선선했다. 우선 급한 대로 숲속의 낙엽을 끌어다 깔았다. 그래도 굴속은 아늑했다. 아직도 달은 떠 있고 새벽이 오려면 한참을 더 있어야 한다. 배가 고프다. 이젠 배가 고파도 배고픔으로 여기면 안 된다. 도랑가에 입을 박고 물을 들이킨다. 허기도 사라졌다. 만달이처럼 긴 외투는 아니지만 잠바를 입고 있다가 굴을 팔 때 벗어 두었다. 그 잠바를 입고 낙엽 위에 몸을 눕혔다. 제법 푹신했다. 몸이 나른해져 왔다.

해가 꽤 높이 떠 있을 때, 잠에서 깨어 마을로 내려갔다. 담장, 철대문과 자동차, 가로등, 꼭꼭 틀어 막힌 양옥집, 시골도 이런 것들로 바뀌어 있었다. 대문 앞에 아무리 서있어 본들 나와 보는 사람도 없다. 어쩌다 지나가는 사람은 이상한 사람이라도 쳐다보는 듯이 힐끔힐끔 의심스러운 눈초리를 보냈다. 저녁때까지 이집 저집 대문 앞에 서있어 보았지만 밥 한 끼 얻어먹을 수가 없었다. 어둑어둑해지자 아스팔트 길 옆의 가로등 밑에 쭈그리고 앉았다. 너무 굶어 기운이 없었다. 그러는데 조금 앞쪽 시멘트 옹벽 밑에 어떤 여인네가 뭔가를 놓고 갔다. 자세히 바라보니 쓰레기봉투들이 쌓여있었다. 자석에 끌리 듯 걸어갔다. 봉지들을 헤집어 보았다. 봉지 속에서 튀김통닭 박스가 나왔다. 살점이 좀 붙어 있는 뼈다귀며 목뼈 부분은 제대로 발라 먹지 않고 버린 데다 한 덩어리는 온전한 채 남아있었다. 알뜰하게 뜯어 먹었다. 더 뒤질까 하다가 허기만 면하면 됐지 싶었다. 엉덩이에 묻은 흙을 툭툭 털고 능선을 향해 걸어갔다. 계곡 물 몇 모금을 마시고 시원하게 오줌도 쌌다. 이젠 걱정 없다. 내 앉아 있고 싶은 데 앉아 있고 서있고 싶은데 서있으면 된다. 꿈같은 사흘이 지나갔다. 연못을 바라보는 재미도 좋았다. 좋았다기보다 무심히 바라보았다. 잃어버렸던 자신의 숨소리도 찾았다. 숨길을 찾았다는 게 맞다. 들숨 날숨이 잦아들다 사라지면 시간은 멈추고 세상은 고요 속으로 들어가 버린다.

아래쪽에서 웅성거리는 소리가 들렸다. 자세히 바라보니 경찰관 네 명과 젊은 남자 두 명이었다. 그 중에 한 사람이 저 사람이에요, 밤이고 낮이고 남의 대문을 기웃거리는 사람이 저 사람이에요, 간첩일지도 몰라요, 하고 소리쳤다. 가까이 다가온 경찰관이 신분증을 요구했지만 모든 걸 버리고 온 무생이는 있을 턱이 없었다.

"경찰서까지 가시죠."

무생은 강제로 끌려가면서도 굴 쪽을 돌아보고 또 돌아보았다.

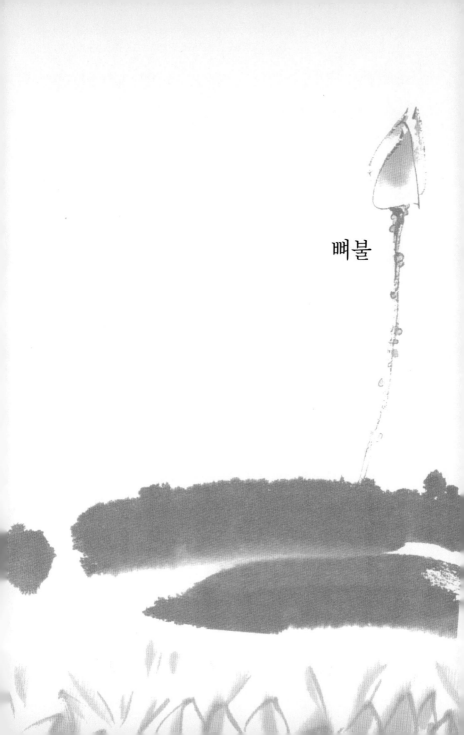

뼈불

밤새 내린 눈으로 길은 사라져버렸다. 이곳 구일암과 본사인 금적사를 실처럼 이어주던 소중한 길이었다. 그들은 능선으로 어림하여 길을 찾아 내려갔다. 미끄러워 조심조심 걸었지만, 경사진 곳에선 어쩔 수 없이 엉덩방아를 찧었다. 막대기를 짚어도 나무를 잡아도 소용없었다. 그럴 땐 영락없이 물 밖으로 던져진 물고기 신세였다.

얼마를 그렇게 허덕허덕 내려갔다. 계곡이 한 눈에 내려다보이는 제법 평퍼짐한 자리로 돌아서자, 김 처사는 후들거리는 다리를 주체할 수 없어 눈 바닥에 털썩 앉아버렸다. 별로 지친 기색도 없는 혜명이 계곡으로 내려서다 말고 김 처사 꼴을 보고는 할 수 없이 따라 앉았다.

출타했다 어제사 돌아온 혜명이 아침공양을 마치자 부랴부

랴 바랑을 꾸리며 다시 출타할 채비를 서둘렀다. 본사 다비식에 간다는 것이었다. 김 처사는 그 말을 듣는 순간, 눈앞에 불덩어리가 나타나 슬렁슬렁 움직이며 홀리는 바람에 정신을 차릴 수가 없었다. 예순 중턱의 늙은 불목하니가 서른을 갓 넘은 젊은 스님을 하필이면 이런 날 따라가겠다고 나선 것이 무리이긴 했지만, 아무튼 굳이 따라나선 터였다.

"김 처사! 앉아 있으면 추워요. 그만 갑시다."

혜명이 일어서서 누비두루마기를 추스르며 길을 재촉했다. 김 처사도 엉덩이를 툭툭 털며 일어섰다. 찬 기운이 등줄기를 치올라 왔다. 그는 국방색 방한모를 더 푹 눌러쓰고 목도리를 입까지 추켜 올리며, 이제 내려갈 계곡을 멀리까지 바라보았다. 양편에서 달려온 능선들이 계곡을 사이에 두고 그들의 이마를 마주하고 있었다. 물끄러미 바라보던 김 처사는 오늘따라 그것이 파도로 보였다. 금방이라도 맞부딪혀 계곡을 흔적도 없이 묻어버릴 것 같았다. 그 사이로 난 길을 걸어갈 일이 아슬아슬하게 여겨졌다.

밑에서 빨리 내려오라는 혜명의 고함소리가 들려왔다. 그는 괜한 잡념을 떨치려고 머리를 좌우로 흔들며 입술을 지그시 깨물었다. 부지런히 내려갔다. 예사로 미끄러지고 자빠지면서도 다치지 않은 것만 다행으로 여기며 기를 쓰고 따라갔다. 깎아지른 듯한 절벽 아래마저 무사히 돌아 나오자 혜명이 안쓰러운 표정을 지으며 기다리고 있었다. 여기서부턴 오래된 산판길이 그냥저냥 형태가 남아 있어 제법 편평했다. 밟히는 눈조차 푹신하게 느껴졌다.

둘은 어깨를 나란히 해서 걸으며 얘기를 주거니 받거니 약간은 느긋한 심정이 되었다.

"그런데 돌아가신 스님은 어떤 분인지?"

김 처사는 힐끔 혜명을 바라보았다. 잿빛 일색의 털실모자와 목도리 사이로 볼이 드러나 있었다. 추위로 발그레해진 그 위로 눈빛이 겹쳐 우유에 담긴 딸기처럼 고왔다. 두툼한 뿔테안경이 여린 코의 선을 감추며 무겁게 걸쳐 있는 모습까지 더불어 보면 누가 보아도 책상물림이었다. 종교라는 게 뭔지 중이 되어 이런 산중에서 살다니, 그는 속으로 끌끌 혀를 찼다. 그러면서 김 처사는 나는 왜 이런 곳을 떠돌지, 자유로움을 찾아 설까, 글쎄, 확연히 떠오르질 않아 머리를 갸우뚱거려 보았다. 물고기가 물에서 놀면 편하고 산짐승이 산에서 살면 편하듯 내겐 이런 곳이 편해서일 거야, 아마도 그럴 거야. 그는 머리를 끄덕거렸다.

"아! 본사 조실스님이셨답니다. 현 조실스님의 사형이시고 주지스님에겐 은사가 되신답니다. 그런데 오래 전 온다간다 말씀도 없이 홀연히 산문을 떠나셨답니다. 내가 출가하기도 전이어서 자세한 사정이야 알 수 없지만 선·교에 두루 통하시어 법력이 무척 높으신 큰스님이셨답니다. 이번에 하마터면 법체를 찾지 못할 뻔했지요. 강원도 횡성 어느 산골에서 농투산이 노릇을 하고 계셨다지 뭡니까? 빈집 하나를 얻어 기거하시면서 머리도 수염도 깎지 않고 기르고 계셨다니 아무도 스님인지 몰랐다는 거에요. 입적하신 뒤, 경찰에서 연락하지 않았으면 전혀 모를 뻔했어요. 절집에서 제일 어른인 조실자리를 버리고 그런 만행을 할 수 있는 분이시라면 정말 큰 스님이십니다. 바로불 보살의 화현이십니다. 나무아미타불."

혜명이 공손한 어조로 장황하게 지껄였지만 김 처사의 귀엔 별로 들어오는 것이 없었다. 복잡하고 어려워 괜히 물었다는 생각이 들었다. 중이 농사 좀 지은 게 별건가, 대단할 것도 많구만. 그는 속으로 콧방귀를 뀌며 걸었다.

"큰스님은 법명이 없을 '무', 인간 '세'해서 무세였는데, 누가 묻기라도 하면 '세상에서 없어질 물건이 이름은 무슨 이름, 없어.' 하고 항시 대답하셨답니다. 물은 사람이 매우 머쓱해했다지 뭡니까? 훌륭한 법문이지요. 누구나 때 되면 육신을 벗어 던져야 할 테니. 재미있는 일화 아닙니까?"

귓전으로 흘려듣던 김 처사는 자신도 모르게 소리를 지를 뻔했다.

"세상에서 없어질 물건이라고."

머릿속이 휙 한 바퀴 돌았다. 눈앞이 캄캄해졌다. 동굴 속이었다. 컴컴한 굴속에서 불덩이들이 둥글게 뭉치더니만 둥실둥실 떠올라 빙그르 돌며 춤을 추었다. 머리를 흔들며 정신을 차려 주위를 둘러보았다. 세상은 하얄 뿐이었다.

그 해도 봄은 돌아왔다. 뒷산이며 마당가에 물오른 나무들은 잎을 뾰족뾰족 내어밀며 대기에 초록의 기운을 퍼뜨리고 있었다. 가지들 사이로 솔새들이 꽁지를 까불며 포록포록 날아다니고 한낮의 보드라운 햇살은 그림자 너머 아지랑이를 잔뜩 간지럽혀 춤추게 하고는 흰 듯한 노랑나비를 끌어들여 춤판을 벌이고 있었다. 위를 지나던 헬리콥터 한 대가 푸다다닥 소리쳐 보았지만 어떻게 할 수 없는 한가로움이었다.

마당으로 들어오는 장의차, 뒤이어 터져 나오는 통곡소리, 이로 인해 더욱 우중충해 보이는 잿빛 건물, 스산한 모습으로 치솟아 있는 굴뚝, 이런 것들만 없었다면 치악산 자락에 자리한 외떨어진 이곳은 그저 암자 하나 있을 법한 한적한 곳이었을 게다.

화장터 관리인 만석은 여느 때처럼 능숙하게 일처리를 해나가고 있었다. 판대 위에 올려놓은 검은 관을 제단으로 끌고 가면서 들고 온 사진을 힐끗 보니 새파란 젊은이였다. 누군가 울면서 지껄이는 소리를 듣건대, 혼인날까지 받아 놓고 교통사고를 당한 모양이었다. 하기사 화장터로 오는 시신이야 변사자에다 미혼, 아니면 묘자리 하나 차지하지 못할 가난한 시신, 혈육한 점 없는 외로운 시신이 거의 대부분이다. 어쩌다 호상이 있긴 하지만 가뭄에 콩 나듯 정말 어쩌다 한 번이다.

이런 일에 이골이 난 만석이지만 통곡소리에 둘러싸이면 마음 한쪽 구석이 편하질 못했다. 괜히 짜증도 났다. 관을 붙들고 놓지 않는 사람들을 향해 버럭 소리를 질렀다.

"제들 안 지낼 거요? 안 지낼 거면 시작해야지."

그가 가마 앞으로 관대를 잡아끌려 하자, 사십 대쯤 되어 보이는 한 사람이 말리며 나섰다.

"마지막 가는 길인데, 술이라도 한 잔 부어 줍시다. 이런다고 간 사람이 다시 오는 것도 아니고 자아……"

이 남자가 팔을 벌려 미는 시늉을 하자 그제야 서로를 부축하며 제단이 있는 대기실로 나갔다. 포와 과일 나부랭이 몇 개 놓고는 제 지낼 준비가 다 되었다. 고인이 젊은 사람이라 친구 몇이 잔을 올리고 꾸벅거리자 간단히 제는 끝났다.

"이제 시작하겠습니다."

만석은 가마문을 열었다. 철커덕거리며 둔탁한 소리가 울려 퍼졌다. 속문마저 열리면서 컴컴한 굴이 드러났다. 벌써 여인네들은 가슴을 쥐어짜며 울어댔다. 굴 안에서 시신을 기다리고 있는 화장대를 끌어냈다. 관이 그 곳으로 옮겨지고 이내 가마 속으로 밀어 넣으려는 순간, 예상했던 대로 우루루 관에 매달렸다. 산 사람이라도 들어가는 듯 울고불고 놓으려 하지 않았다. 몇 사람이 그를 도와 사람들을 떼어냈다. 그는 잽싸게 관을 밀어 넣고 문을 닫았다. 이제 이승의 육신은 끝났다. 잘 가라, 속으로 한 마디 내뱉고 그는 연소실로 들어가 점화 스위치를 눌렀다. 기계 돌아가는 소리가 났다. 뒤이어 세찬 소나기 소리와 함께 손바닥만 한 동그란 시찰구 주변이 불빛으로 환해졌다.

꺼낼 때까지는 족히 두어 시간 걸린다. 그동안은 그리 바쁠 일이 없어 느긋하게 담배를 피우다 슬그머니 술 생각이 떠올라 앞쪽 대기실로 갔다. 늦게 온 조문객이 절을 하며 훌쩍거리고 있었다. 옆에서는 교통사고에 대해 분통 섞어 지껄이며 울화를 삭히려는 듯 연달아 술들을 들이키고 있었다. 그 중 한 명이 만석을 보자 얼른 잔을 건넸다. 그들 사이에 쭈그리고 앉아 일회용 큰 컵으로 가득 두 잔을 얻어 마셨다. 싸한 뱃속으로부터 올라오는 취기가 이 건물을 감싸고 있는 슬픔과는 관계없이 한결 그의 기분을 좋게 만들었다. 그들처럼 잔뜩 퍼먹을 이유가 없는 그는 슬그머니 일어서는데, 문 밖에 회색 옷자락이 눈에 들어왔다. 중이었다. 맥고자를 쓰고 허수아비처럼 서있었다. 나뭇가지 뻗듯 뻗은 주름고랑이 얼굴을 덮고 있어 일흔도 훨씬 넘어 보였다. 실밥이 이곳저곳 헤진 두꺼운 누비두루마기에 시커먼 방한화와 그 위에 둘러친 행전이 아직도 한겨울이었다. 바로 들어오지 않고 쭈뼛거리며 서있는 꼴이 일행은 아닌 것 같고 행색이 추레한 걸로 봐선 비렁뱅이 탁발중이 틀림없어 뵈는데 여기까지 탁발하러 온다는 것도 이상해서 부지불식간에 그가 한 마디 뱉었다.

"스님도 함께 왔소?"

스님이라니, 이구동성 일행은 문 쪽을 바라보았다. 한쪽 구석 낡은 소파에 모여 앉아 눈물을 찍어내던 여인네들이 귀가 번쩍 뜨이는 모양이었다. 마침 잘 됐다는 표정들이었다. 누군가의 입에서 염불이나 부탁하자는 소리가 나왔다. 처음부터 이 장례를 주관하는 듯 보이는 사십 대의 그 남자가 슬그머니 일어나 청을 넣으러 갔다.

중은 대뜸 바랑을 내려 가사장삼을 꺼내 걸치고 군소리 없이 제단으로 가 염불을 하기 시작했다. 만석은 밖으로 나와 칵하고 가래침을 뱉었다. 중 없는 냄새를 용케 알고 찾아 왔군,

노잣돈은 거저 중이 잘 챙겨가겠구만. 염불 삯으로 가져가는 게 당연하건만 괜히 입맛이 씁쓸했다. 만석은 저 중이 자신의 밥그릇에 숟가락을 들이대는 고약한 침입자로 여겨졌다.

만석은 시찰구를 열었다. 태양을 가둬 놓은 듯 구멍으로 강한 빛이 쏟아져 나왔다. 길다란 쇠갈고리를 시찰구로 집어넣었다. 먼 쪽에 있는 하체 부위를 앞으로 끌어당겨 모았다. 이제 잠시 뒤에 불을 끄고 대장간 화덕불보다 더 벌건 뼈다귀를 식히면 된다.

유골 빻을 준비를 마치고 시찰구를 들여다보던 만석은 꺼낼 때가 되었다 싶어 사람들을 가마 앞으로 모이도록 했다. 벌써 여자들은 금세라도 꼬꾸라질 것 같은 자세로 서로를 붙들고 있었다. 수건을 입에 대고 터져 나오는 울음을 막고 있는 여자도 있었다. 만석은 이들을 슬쩍 훑어보곤 가마문 앞으로 성큼 다가섰다. 그리곤 요술 상자라도 열 듯 덜컥 문을 열고 화장대를 끌어냈다. 하얀 조각들이 널려 있었다. 도무지 믿기지 않는 현실에 사람들은 그만 나락으로 떨어져 내렸다가 통곡을 터뜨렸다. 비록 시신이라도 그나마 자신들과 같은 형체를 갖고 있었는데 이렇게 쉽게 사라질까. 그들은 마치 자신들도 곧 사라질 것 같은 허무의 늪을 헤엄치고 있었다.

만석은 그들에게 부젓가락을 주었다. 그들은 순차로 유골

한두 점씩을 쇠절구에 담았다.

만석은 절굿공이를 들어 장단치듯 절구전을 몇 번 두드렸다. 청아한 소리가 울려 퍼지자 모두의 시선이 쇠절구로 집중되었다. 만석은 공이를 들어 올려 힘껏 내려찧었다. 뼛조각이 와삭 부서졌다. 계속 내리쳤다. 공이가 자신을 향하기라도 한 듯 잠시 죽어들던 울음소리가 이번엔 절규로 바뀌었다. 제 가슴을 쥐어뜯거나 벽에 이마를 대고 눈물을 철철 흘리는 사람, 마당에 엎어져 산발한 채 혼절한 여자가 있는가 하면 달랬다고 다가가선 함께 우는 사람, 모두들 삶의 혼돈과 절망에서 영원히 빠져 나오지 못할 듯 몸부림치고 있었다.

만석은 이마에 송글 맺히는 땀방울을 왼손으로 닦아내며 이들의 슬픔에는 아랑곳하지 않고 부지런히 빻았다. 몸부림치며 자지러지던 사람들도 어쩔 수 없는 현실을 받아들이며 차츰 체념의 흐느낌으로 잦아들기 시작했다. 그는 마지막 한 조각까지 알뜰히 쓸어 담아 빻았다. 한지에 소복이 부어놓은 가루를 한 약봉지 싸듯 정성껏 싸서 아직도 따끈따끈한 그것을 유족에게 들려주었다. 만석은 넋이 나가 멍청해진 그들을 잠시 쳐다보는 것으로 배웅을 대신하고 청소를 시작했다. 오늘은 좀 유별나긴 했지만 어쨌든 한 건 끝낸 것이다.

청소를 하면서 이곳저곳 둘러보았지만 중은 어디에도 보이지 않았고 제단에는 하얀 돈봉투가 그대로 놓여 있었다. 무척 궁기가 돌던데 돈을 그냥 두다니, 이상한 중이구만, 그는 그것을 점퍼 안주머니에 기분 좋게 쑤셔 넣고 맞은 편 납골당 계단으로 가서 털썩 주저앉았다. 아직 퇴근하기엔 일러 담배를 죽이며 멍하니 뒷산 중턱을 바라보았다. 얼마를 그러고 있던 그에게 한 곳이 눈길을 잡아끌었다. 아담한 바위를 반쯤 가리고 진달래가 활짝 피어 있었다. 늙수그레한 바위도 빙긋이 웃는 것만 같았다. 만석은 애들처럼 즐거워져 자꾸만 바라보았다. 반백을 벌써 여러 해 넘겼지만 여전히 봄은 나이와는 관계없이 사람의 마음을 살며시 흔들고 있었다.

장의차가 들어오고 또 하루가 시작되었다. 그런데 어제 그 중이 다시 나타났다. 오후 늦도록 세 건을 끝내고 대기실로 들어갔을 때, 중은 없고 봉투 세 개만 얌전히 기다리고 있었다.

중은 매일 왔다. 만석은 말 한 마디 없이 멋대가리 없어 보여도 덕분에 수입도 늘고, 화장터의 썰렁하고 침울한 기운을 함께 감당해 주어 그 중이 고맙기도 하거니와 은근히 정도 들어갔다. 그럴수록 돈봉투가 자꾸 마음에 걸렸다. 중의 몫을 가로채는 것만 같아 찜찜했다.

하루는 청소를 뒤로 미루고 잽싸게 제단으로 갔다. 돈봉투를 집어서 얼른 중에게 건넸다. 중은 머리를 살래살래 저으며

씩 웃고는 돌아서 나갔다. 만석은 도대체 궁금해서 견딜 수 없었다. 어디서 왔는지는 차치하더라도 이름도 모르고 있었다. 중을 만나 얘기라도 해봐야지 싶어 급히 밖으로 나가 두리번거리며 둘러보았다. 중은 보이지 않았다. 늙은 중이 빠르긴. 만석은 괜한 아쉬움에 뒷산을 올려다보았다. 중이 거기 있었다. 아니, 만석을 뚫어져라 쳐다보았다. 중은 진달래꽃 무더기로 어정어정 걸어가 털썩 앉아버렸고, 꽃잎이 얼굴을 가리자 영락없이 잿빛 바위였다. 허, 바위가 저 중이었구만. 만석은 제 이마를 세게 쳤다.

다음 날 작정을 하고 어디서 왔느냐, 이름을 뭐냐, 이것저것 꼬치꼬치 캐물었지만 중은 어느 것에도 대답하지 않았다.

진달래꽃이 지면서 중도 더 이상 그 자리에 없는 것 같았다. 뜨거운 태양은 풀잎과 나뭇잎을 쭉쭉 키워나갔다. 하루가 다르게 숲이 우거져 사실은 있는지 없는지 알 수 없었다. 중이 산에서 내려왔다가 산으로 올라가는 것만은 분명했다.

어느덧 더위도 한풀 꺾이면서 마당가 은행알이 노릇노릇 변하면서 아침저녁으로 제법 서늘했다. 치악산 꼭대기를 불태우던 단풍이 이제 이곳을 막 내려오고 있었다. 노루의 큰 눈망울도 붉게 물들었을 것이다.

만석은 중과 함께 봄, 여름, 가을을 나고 있었다. 염불도 일이라면 일인데 중은 도무지 보수를 원치 않았다. 만석은 잘해주고 싶었으나 해줄 것이 없었다. 그는 아무 것도 바라는 것이 없는 것 같았다. 그래도 서로 마주치면 공허하고 멋쩍긴 했지만 정답게 눈웃음을 교환하곤 했다. 그와의 대화는 그것이 다였다. 아침이면 그의 그런 모습이 당연히 떠오르고 출근하기 전 만석은 눈가에 주름을 잡아가며 그를 흉내 낸 웃음을 몇 번이고 반복해 보았다. 두 아들과 마누라가 이상하게 쳐다보았지만 개의치 않았다. 그는 그와의 생활이 정말 즐거웠던 것이다.

간밤에 시작한 가을비가 오전 내내 추적거리며 내렸다. 만석은 대기실 옆 관리 사무실에 앉아 창 밖에 흩뜯기는 빗소리를 듣고 있었다. 그러길 얼마간 여러 대의 오토바이 소리에 한가로움을 떨쳐내고 일어섰다. 뒤이어 장의차가 들어왔다. 새파란 젊은이들이 몰려 나왔다. 일전 뉴스에 오토바이 사고가 났다더니 폭주족 패거리 같은데 제 놈들이라고 별 수 있겠어, 뒈지면 이리 와야지. 죽음엔 순서가 없으니까. 만석은 시원하게 코를 팽 풀었다.

오토바이에서 함께 죽은 남녀 쌍화장을 하느라고 모처럼 가마 두 개를 모두 사용했다. 만석은 관을 먹어 치우는 세찬 불바람 소리를 들으며 연소실을 나와 대기실로 들어갔다. 제단 앞에 덩치가 무척 큰 중이 앉아 우렁우렁한 목소리로 청승맞게 염불을 읊고 있었다. 두툼한 귓불, 보름달처럼 둥근 얼굴, 선명한 쌍꺼풀은 누가 보아도 귀골의 원만상이었다. 아이 하나 들어갈 만큼 커다란 장삼소매를 펄럭이며 넓은 가슴을 쭉 펴고 염불하는 모습은 듬직하고 넉넉해 보였다. 지그시 내리깔은 눈은 그윽함이 넘쳐흘렀고, 가끔씩 눈을 번쩍 떠 젊은 여인을 보피롭게 바라보는 눈길조차도 자비의 정을 듬뿍 담은 듯 여겨졌다. 속세에 있었을 땐 더욱 미남이었을 것이다. 장의차를 따라온 젊은 중을 본 늙은 중은 뒷산으로 올라갔다가 점심때가 되어서야 다시 나타났다. 가마에 불을 내리고 식을 때를 기다리던 그도 시장기를 느꼈다. 한 끼 때우러 대기실로 들어섰다. 중들끼리 앉아 국밥을 먹고 있는 자리에 끼어 만석도 식사를 마쳤다. 식후에 으레 소주잔이 돌았다. 젊은 중이 잔을 비우고 늙은 중에게 잔을 돌렸다. 늙은 중은 사양하기가 귀찮았던지 단숨에 비워 버리고 대뜸 일어섰다. 느긋하게 안주를 입에 넣고 우물거리던 젊은 중이 다급하게 가는 중을 불러 세우고 굵고 우렁찬 음성으로 말을 걸었다.

"노장님! 제 법명은 일광이라고 합니다. 스님 법명은?"

늙은 중은 가려다 말고 젊은 중을 뻔히 내려다보았다. 앉아서 눈을 약간 치뜨고 올려보는 젊은 중 꼴새가 늙은 중을 얕잡아 보고 있는 것이 분명했다. 하기사 늙은 중의 행색이 꾀죄죄

하여 볼품없기도 했지만 눈길 한 번 주지 않고 곧바로 일어서는 바람에 호기심 반 시비심 반으로 갖추어야 할 예를 잃어버린 채 한마디 던진 것이다. 늙은 중은 대답 대신 귀찮다는 듯이 돌아섰다. 젊은 중은 약이 올랐다. 벌떡 일어서서 역정기 담긴 목소리로 버럭 내질렀다.

"이봐요? 이름이나 알자는데."

늙은 중은 마지못해 돌아섰고 젊은 중도 성큼 다가섰다. 장승같은 큰 키로 늙은 중을 내려다보았다. 늙은 중은 감기 걸린 듯한 쉰 목소리로 들릴 듯 말 듯 가느다랗게 답을 했다.

"이름은 무슨 이름, 세상에서 없어질 물건일 뿐이야."

일순 젊은 중은 무시당했다고 느꼈는지 얼굴이 벌게지면서 따지듯 대들었다.

"스님으로서 이름이 없다니 누굴 놀리는 겁니까?"

"이 노인 가짜 중 아니야? 종단과 본사를 대보시오."

눈을 감다시피 서 있던 늙은 중이 연이어 내뱉는 위협적인 언사에 눈을 번쩍 뜨고 젊은 중을 꼼짝 않고 바라보았다. 바라본다기보다는 멈추어 있었다. 피돌림, 호흡, 눈동자까지 모든 것이 일시에 멎어 그의 눈을 응시한 채 조용히 열반에 든 것 같았다. 젊은 중은 불면 날아갈 것 같은 늙은이가 설마 이렇게 당당하게 나올 줄은 꿈에도 생각 못 했던지 당황하기 시작했다.

커다란 눈알을 대록대록 굴려가며 늙은 중을 바라보았으나 범접 못할 위엄에 기가 질려 푹 고개를 숙였다. 숙인 머리 위로 꿈결 같은 소리가 흘러갔다.

"사바종이다. 본사는 그래, 화장사다."

늙은 중은 소리만 남기고 휙 나가 버렸고 잠시 후 정신을 차린 젊은 중이 혼자 중얼거렸다.

"사바종, 화장사."

옆에서 이를 지켜본 만석은 신기하기만 했다. 우람한 젊은 중이 꼼짝 못하는 것도 그렇고 그보다 더한 것은 늙은 중이 제대로 지껄이는 것을 처음 보았기 때문이었다. 다른 말은 잘 몰라도 세상에서 없어질 물건이라는 소리는 귀에 쏙 들어왔다. 화장쟁이로서 그 말뜻을 모른다면 개가 웃을 노릇이다. 아주 옳은 소리라고 만석은 고개를 끄덕거리고 있었다.

차가운 바람이 불어왔다. 낙엽이 우수수 떨어져 화장터 마당으로 흩어졌다. 늦가을 해 질 녘, 화장터만큼 을씨년스러운 곳은 없을 것이다. 만석은 일을 마치고 마당으로 내려섰다. 흩날리는 낙엽에 괜스레 허전해지는 마음을 추스르며 자전거에 올라탔다. 슬슬 브레이크를 잡아가며 내려가도 귓바퀴가 얼얼하니 추웠다.

눈물고개가 거의 끝나가는 어귀에 과붓집 구멍가게가 보였다. 두부찌개며 라면도 끓여주고 노가리, 오징어 따위를 안주로 술도 파는 대폿집 겸 동네 복덕방 노릇을 톡톡히 하는 그런 가게였다. 곧 시외곽 재개발이 시작되면 저런 목조슬레이트의 낡은 집들은 모두 헐려버릴 터라 아쉽지만 명줄이 얼마 안 남은 집이었다.

만석이 그 집 앞을 지날 때였다. 최 씨, 박 씨 두 노인 영감이 막걸리라도 한 잔 걸쳤는지 불콰한 얼굴을 하고 막 나오던 참이었다. 남 험담 잘하기로 소문난 박 씨 영감이 심술기 뚝뚝 떨어지는 목소리로 잘 만났다는 표정을 지으며 만석을 불러 세웠다.

"어이! 화장쟁이!"

저 영감탱이는 꼭 화장쟁이래, 관리인라고 부르지는 못할망정 김 씨하고 부르면 얼마나 좋아. 망할 놈의 늙은이. 뒈지면 제발 화장터로 와라. 뜨거운 불 맛을 보여 줄 테니. 만석은 이마를 찌푸리고 째려보다 상대해야 귀찮기만 할게 뻔해서 페달에다 발을 올려놓았다.

"이봐! 할 얘기가 있다니까?"

"할 얘기 있으면 빨리 하던지……"

"자네 귀신 얘기 들었는가?"

"귀신?"

"등잔 밑이 어둡다고 아직 모르고 있었구만."

"화장터 건넛마을 있잖은가? 복골 말이야. 그 동네 사람들은
다 아는 사실이라는 거야. 새벽이면 목탁소리 같은 것이 매일
들렸다는구만. 누군가 새벽에 가봤더니 중귀신이 납골당에서
나와 마당을 몇 바퀴 돌며 염불을 하고는 산속으로 들어가더라
는 거야. 똑똑히 봤다는구만, 자네만 몰랐군."

이튿날 새벽이었다. 만석은 옷을 주섬주섬 걸쳐 입고 밖으
로 나왔다. 새벽 공기가 찼다. 습습한 기운이 얼굴로 내려앉았
다. 자전거에 몸을 싣고 힘껏 페달을 밟았다. 라이트가 켜지면
서 희뿌연 안개막이 펼쳐졌다.

화장터 마당으로 들어가지 않고 입구에 자전거를 세웠다.

형식상 만들어 놓은 정문 시멘트 기둥에 몸을 숨기고 마당
안 이곳저곳을 둘러보았다. 꼭두새벽에 와보긴 처음이라 모든
것이 낯설게 느껴졌다. 비록 안개가 끼긴 했어도 분명 아무 것
도 없었다. 썰렁 비어 있어 어쩐지 더 으스스했다. 형체만 어른
거리는 건물도 그랬다. 잘난 것 하나 없는 만석이 그나마 사람
구실을 할 수 있도록 일터가 되어주는 곳이다. 그런데 지금은
무섭다. 그동안 화장했던 모든 시체가 귀신이 되어 떼로 웅크
리고 있는 것 같았다. 무엇이 잡아당기는 듯 오금이 떨어지지
않았다. 기둥에 잠시 머리를 기대고 눈을 감았다.

그때 돌연 무슨 소리가 들려왔다. 그는 그만 자지러질 듯 놀라 한 순간 숨이 멎어 버렸다. 혼이 나가 정신이 아득한 가운데 소리는 계속 들려왔다. 놀란 것이 우스울 정도로 그 소리는 규칙적이고 평화로운 목탁소리였다. 신경이 귀로 몰려가면서 쿵쿵대던 가슴도 차츰 가라앉았다. 가슴을 쓸어내리고 소리가 나는 쪽을 바라보았다. 맞은편 기슭, 납골당에서 들려왔다. 소리가 점점 가까워지면서 염불소리도 함께 들려왔다. 무엇인가 시커먼 물체가 납골당 계단을 천천히 내려오고 있었다. 만석은 잠시도 눈을 떼지 않고 지켜보았다. 넓은 마당으로 내려서서 아주 느리게 마당가를 돌기 시작했다. 새벽 공기를 가르는 쩌렁쩌렁한 목탁소리가 점점 다가들면서 형체가 제법 또렷이 드러났다. 늙은 중이었다. 만석은 박 영감 말을 들었을 때 이미 짐작했었지만 직접 눈으로 확인하지 않고는 배길 수가 없었다.

벌써 몇 바퀴째 돌고 있었다. 생각 같아서는 뛰쳐나가 붙들고 묻고 싶었으나 중하는 꼴이 궁금해 꾹꾹 눌러 참았다. 절에서 새벽 예불이라는 걸 올린다는데 어쩌면 그 짓을 여기서 하는 모양이었다. 그렇더라도 괴이한 기분을 떨쳐 버릴 수가 없었다. 중은 끝없이 돌 것 같던 걸음을 멈추고 현관을 향해 연방 절을 하고 있었다. 만석은 한 동작도 놓치지 않고 훔쳐보았다. 늙은 중은 절을 끝내고 현관 계단에 앉아 쉬고 있었다. 그것까지도 만석은 열심히 바라보았다. 중의 동작 하나하나가 신기하기만 했다.

만석은 낮에 중과 함께 일을 하면서도 전혀 내색하지 않았다. 그가 대답할리 만무라 물어도 소용없는 일이었다.

새벽이면 중은 그 짓을 하고 그는 숨어서 계속 지켜보았다. 처음 느꼈던 귀기는 봄눈처럼 사라지고 화장터 전체는 평온으로 감돌았다. 무슨 소린지 알 수는 없지만 염불 소리도 듣기 좋았다. 낮에도 만석은 새벽 염불 기운에 젖어 화장터에서 일을 하는지 절에서 일을 하는지 헷갈릴 지경이었다. 중과 지내는 나날이 행복했다. 그 무엇인가에 홀랑 빠져 버린 느낌이었다.

만석은 오늘 늙은 중이 사는 곳을 알아 볼 요량으로 옷깃을 단단히 여미고 바지 끝을 양말 속에 집어넣었다. 새벽이면 만석이 사라지는 것도 모르고 잠에 빠져 있는 마누라를 잠시 내려다보았다. 깨어났다 해도 무관심하긴 지금이나 다를 게 없었다. 관심이 있다면 그건 남편이 벌어오는 돈일 것이다. 만석은 딴 세상 사람처럼 아내가 생소하게 느껴졌다. 나도 이제까지 느끼지 못했던 내 나라가 생긴 것 같소. 편히 주무시게, 마누라. 그는 신발 끝을 단단히 동여매고 대문을 나섰다.

조용히 염불이 끝나길 기다리다 늙은 중이 산으로 향하자, 만석은 잽싸게 따라붙었다. 뒷산 중턱쯤에서 갑자기 기척이 사라져버렸다. 안개 때문에 더욱 막막했다. 어차피 안개가 걷힐 때를 기다려야 할 것 같아 낙엽이 쌓인 곳에 편히 앉아서 담배를 빼물었다. 겨울 점퍼를 입은 덕에 쌀쌀한 날씨에도 불구하고 그리 춥지는 않았다.

애꿎은 담배만 벌써 여러 대 죽이며 청승 떨고 앉아 있는 자신이 이상하게 느껴졌다. 늙은 중에게 마음이 빠져 있는 것은 사실이지만 이럴 필요까지야 있을까? 만석은 이내 머리를 흔들었다. 한 가지 분명한 것은 궁금해서 견딜 수 없다는 것이다. 사는 곳을 반드시 찾겠다고 거듭 다짐하곤 뒤로 벌렁 누워 버렸다.

안개가 서서히 걷히면서 주위가 환하게 밝아왔다. 갑자기 이 근처에서 사라진 걸 보면 주변 어디엔가 있을 것이 분명했다. 만석은 여기저기 왔다 갔다 하면서 사방을 두리번거렸다. 바위란 바위는 다 둘러보았지만 없었다. 바위에 걸터앉아 담배를 다시 빼물었다. 새벽 담배를 너무 피워 입 안이 깔깔했다. 반도 못 피워 비벼 끄고는 좀 더 위쪽으로 올라가면서 샅샅이 살펴보았다. 드디어 사람 다닌 흔적이 나타났다. 토끼 길만 한 길이 위쪽으로 나 있었다. 길을 따라갔다. 여기서 일하긴 해도 뒷산에 올라올 필요나 이유가 전혀 없었던 그로선 이곳이 사실상 초행이었다.

얼마 안 가서 작은 계곡이 나타났다. 계곡이라고 하기엔 물도 흐르지 않고 차라리 조그만 언덕이라는 게 옳았다. 길은 여기서 없어졌다. 맞은편 경사진 곳에 무엇인가 보였다. 풀로 엮은 거적이 걸려 있었다. 옳지, 저기군. 만석은 그곳으로 가서 거적을 들췄다. 벽석을 뚫어 만든 굴이 나타났다. 한 사람 들어가 앉으면 딱 맞을 크기였다. 바닥엔 낙엽이 깔려 있었고 중이 미동도 하지 않은 채 거기에 앉아 있었다. 아니 이런, 산짐승인가, 만석은 너무 놀랍고 어이없어 입이 다물어지지 않았다.

"스님! 일전에도 말씀드렸지만 오늘이 이 화장터 마지막 날입니다. 알아서 하시겠지만 여기 더 계셔야 음식도 얻어 자실 수 없고, 텅 비어 아무도 없을 텐데…… 어디 절이라도 찾아 들어가시지요."

눈물고개 부근이 재개발되면서 이곳으로 사차선 도로가 뚫릴 예정이었다. 시 당국은 이에 대비해 일찌감치 다른 곳에 화장터를 신축하고 있었다. 이미 건물은 완성되었고 부대시설만 약간 남아 있던 터였다. 그것만 끝나면 언제라도 떠날 판국이었다. 그것도 그렇지만 이 추운 겨울날 굴속에서 홀로 지내는 중이 안타까웠다. 자칫하면 그 중이 불가마 속으로 들어갈지도 모를 일이었다. 이참에 어느 절이라도 가서 편히 지내기를 바라는 마음에 며칠 전부터 자꾸 떠나라고 종용해 왔었다.

오후에 중학생 시신 한 구가 들어왔다. 일을 마치고, 그들이 뿌려달라고 맡겨 놓은 유골함을 들고 어디다 뿌릴까 망설이던 참에 마당가 한 구석에 아직도 타고 있는 화톳불이 눈에 띄었다. 추울 땐 나무들을 구해 와 불을 해놓는 경우가 종종 있지만 그들이 가고 청소할 때면 보통 짜증나는 일이 아니었다.

그런데 오늘은 달랐다. 만석은 정이 들 대로 든 이곳과 영원히 이별하는 마당에 술 생각이 간절했다. 만사 다 제치고 불가에서 자작술판을 벌였다. 유족들이 남긴 술도 넉넉하고 때다만 장작도 넉넉했다.

어둑어둑해지면서 눈발이 날렸다. 우럭우럭 타오르는 불길 속으로 하루살이 떼처럼 쉬임없이 달려드는 눈송이를 안주 삼아 벌써 여러 잔을 들이키고 있었다. 자음자작에 몰두하던 만석은 자박거리는 발자국소리에 고개를 들었다. 늙은 중이 정문 쪽으로 걸어가고 있었다. 국방색 방한모에 행전, 바랑까지 걸머지고 나선 품새가 떠나는 것이 분명했다.

"스님!"

엉겁결에 부르긴 했어도 뭐라 할 말이 없었다. 올 때도 자유로웠고 갈 때도 자유로이 가는 사람, 긴히 주고받을 말이 있을 턱이 없었다. 그냥 잘 가라고 이별의 인사나 하려다 유골함에 생각이 미쳤다. 그렇지, 내가 뿌리는 것보다 중이 뿌리면 이 불쌍한 영혼이 직방 극락으로 갈지도 몰라. 멈칫 서서 이쪽을 보고 있는 중에게 만석은 이리 오라고 손짓을 했다.

"스님이 좀 뿌려주시구려."

중은 함을 건네받자 밝은 불가에 쭈그리고 앉아 함 뚜껑을 열고는 한지로 곱게 싼 유골을 꺼냈다. 그걸 애기 안듯 가슴에 품고 일어섰다. 만석이 보기에도 그게 편할 듯싶었다.

눈은 자꾸만 쌓여 어둠을 싸늘한 흰빛으로 바꾸어 가고, 널름거리는 불꽃은 연달아 눈가루를 핥아 들이고 있었다.

중은 정문으로 느적는적 걸어가며 팔을 천천히 들어 올려 손을 살살 흔들었다. 흰 가루는 눈에 섞여 눈이 되어 흩어졌다. 얼큰히 취한 눈으로 바라보는 만석에겐 그 짓이 느리디 느린 춤으로 보였다. 불꽃에 슬쩍 가리울 땐 붉은 덩어리가 춤을 추었다. 아주 익숙한 그래서 정든 불덩어리, 그는 술잔을 입으로 가져갔다. 술잔을 내려놓고 불덩어리를 찾았다. 사라졌다. 안 돼, 가면 안 돼. 갑자기 밀려드는 외로움에 만석은 아이처럼 울고 싶었다.

모퉁이만 돌아서면 금직사 경내로 들어서게 된다. 혜명은 친정집에 가까이 온 새색시의 발걸음처럼 경쾌했고 김 처사는 약간 뒤처져 따라갔다.

즐비한 기와집, 웅장한 대웅보전, 형형색색 차려 입은 등산객들, 회색 보살복을 입고 분주히 돌아치는 여인네들과 참배객들, 인적이 끊어진 산중 암자에 비하면 여긴 대도시였다.

여기저기 기웃거리다가 어정쩡하게 서있는 김 처사를 혜명이 잡아끌었다. 두 사람은 넓은 마당을 가로질러 정재소로 가허기진 배를 채운 뒤, 서둘러 다비장으로 향했다.

일주문으로 내려가는 중간쯤에서 샛길로 들어섰다. 울창한소나무 숲을 지나 모퉁이를 돌아서자 넓은 공지가 나타났다. 많은 사람들이 모여있는 한가운데서 연기가 피어오르고 목탁소리, 염불소리가 들려왔다. 걸음을 재촉했다. 혜명은 스님들에게 가고 김 처사는 신도들 틈에 끼었다.

밤이 되면서 사람들은 대부분 떠났다. 중도 다 가고 둘만 남아 교대로 목탁을 치고 있었다. 이삼십 명가량의 열성신도들은 아주 밤을 새울 요량으로 각기 자리를 틀고 앉았다. 어디서 구했는지 짚을 깔고 앉은 사람, 스티로폼 조각을 주워다 앉은 사람, 그것도 없는 사람은 비닐을 깔고 앉아 나무아미타불을 연호했다. 김 처사는 청솔가지를 꺾어와 깔고 앉았다. 밤은 깊어가는데 청승맞게 둘러앉아 중얼거리는 꼴들이 추위를 피해 내려온 산짐승이나 진배없어 보였다. 서로 중심을 잡고 서있던 불기둥이 후두둑 쓰러졌다. 가느다란 불실이 무수히 뽑혀져 올라오면서 허공에 토막토막 유선빛을 그리며 사라지고 또 사라졌다. 좀 더 앞자리로 당겨 앉은 김 처사는 불실에 취해 잠시 넋을 놓고 있다 스르르 잠이 들었다.

얼마나 흘렀을까, 그는 등가죽이 싸늘해 눈을 떴다. 얼추 새벽이 다 된 모양이었다. 언제부터 시작했는지 눈발이 날리고 있었다. 불기둥은 모두 사그러들고 알 불덩어리만 수북이 쌓여 그 위로 파르스름한 불꽃이 연방 나풀거렸다. 그랬던 거야, 저 불덩어리가 그리웠던 거야. 가마 안을 달구던 벌건 불덩어리, 그걸 잊을 수 없었던 거야. 그는 혼자 머리를 끄덕였다.

누군가 한 사람이 벌떡 일어나서 합장을 하고 돌기 시작하니까 우루루 따라 일어나 모두들 함께 돌았다. 새벽 추위를 이기고 시간을 빨리 보내기엔 십상 좋은 방법이었다. 김 처사는 일어나기 싫었다. 지치기도 했고 나이 탓도 있겠지만 불을 보는 쪽이 훨씬 좋았다. 앞으로 더 당겨 앉았다. 사람들은 돌아가는 만큼 신심이 솟구치는지 염불소리도 점점 커져갔다.

"나무아미타불……"

따끈한 불기운에 눈꺼풀이 다시 무거워지기 시작했다. 나무아미타불 소리도 나무가 탄다 소리로 들렸다. 그럼, 나무는 다

타고 이제 뼈불이다, 뼈다귀불이라구. 그는 아예 눈을 감아 버렸다. 자꾸자꾸 돌아가는 사람들은 이제 불덩어리가 되었다. 그러더니 모두가 한 곳으로 모여 무세無世가 되었다. 무세는 천천히 팔을 들어 올려 흰 가루를 뿌렸다. 그리곤 느리게 느리게 춤을 추며 불덩어리가 되었다.

빗자루

　　　　　　　　　　　바위 절벽을 고개를 젖히고
바라보아야 꼭대기에 팔을 벌리고 서있는 소나무들이 보이는
아득한 덕봉, 그 아래 울창한 숲 속에 조그만 밭떼기 하나가 자
리 잡고 있었다. 쭉쭉 뻗은 몸체를 들어낸 자작나무, 참나무,
한 아름에 안을 수 없는 굵은 소나무들, 그 사이를 메우는 온갖
나무들이 무슨 둑처럼 빽빽이 둘러쳐 있어, 밭은 오갈 데 없이
숲에 갇힌 연못이 되었다.

　밭 한가운데쯤, 슬레이트 지붕에 눌려 납작해진 두어 칸 집
과 외양간은 연못에 떠 있는 회색의 바위섬이다. 살포시 바람
이 불어오면, 일렁이는 푸른 잎새들의 잔물결로 요람에 아기처
럼 바위섬은 졸고 숲속은 한가로움에 지쳐버린다. 이럴 때면
매미들은 요란한 합창으로 산중을 뒤흔들어 놓곤 한다.

한 여름의 해는 벌써 중천에 떠올라 있었다. 방안에 혼자 잠들어 있던 봉칠은 후덥지근해진 방안 공기와 집을 향해 울어제치는 듯한 매미 소리에 늦잠에서 깨어 부시시 일어났다. 어무이가 살아 계셨으면 이렇게 늦게 깨진 않았을 텐데. 봉칠은 혼자 입맛을 다시며 손등으로 눈을 비벼 눈곱을 뜯어냈다. 여기저기 신문지조각으로 덕지덕지 발라, 누렇게 바랜 방문을 풀어진 눈으로 넋 놓고 바라보다가, 뱃속에서 꾸루룩 소리가 나자 후딱 문을 열고 나갔다. 덜렁덜렁한 벽지 속에서 사락하며 흙가루 떨어지는 소리가 들렸다.

마당에 내려선 그는 햇빛에 눈이 부셔 눈을 질끈 감았다 떴다. 그때 앞마당 외양간에서 주인을 본 황소란 놈이 배고프다고 음머, 소리를 질러댔다. 며칠을 굶겼는지 기억도 잘 나지 않았다. 배가 무척이나 고팠던 모양이다. 그는 하품을 하다 소를 쳐다보니 귀찮다는 생각이 들어, 봉당에 아무렇게나 놓여있던 낫을 찾아 고삐를 잘라버렸다. 덩실덩실 춤을 추듯 엉덩이를 실룩이며 풀밭으로 달려가는 소의 꼴을 미안한 마음으로 한참을 보고 있던 봉칠이도 몹시 시장기를 느꼈다. 부엌으로 들어갔다. 어제 먹다 남은 상추와 된장이 대바구니에 담긴 채 그대로 있었다. 대바구니째 들고 마당가 땅솥에 가서 쭈그리고 앉아 솥뚜껑을 열었다. 쉬지근한 찬밥이 꽤 남아 있었다. 시들시

들한 상추쌈을 싸서 입에 넣어 씹었다. 연일 상추쌈만 먹어선지 입안이 텁텁했다. 구수한 된장찌개가 떠올랐다. 풋고추 숭숭 썰어 넣은 장떡부치기도 먹고 싶다. 짭짤한 고등어도 좀 먹어 봤으면. 어머니가 만들어 주시던 음식들이 한꺼번에 그의 눈앞에 아른거렸다. 어머니가 보고 싶다. 고등어 머리를 잡고 알뜰히 발라 잡수시고 손가락까지 쪽쪽 빨며 맛있어 하시던 어머니가 보고 싶다. 어머니와 마주 앉아 먹고 싶다.

그는 지난겨울 어머니를 묻은 뒷밭 쪽을 바라보며, '어무이' 하고 목 속으로 불러보았다. 목울대가 콱 막혀 왔다. 가슴을 부여 안았다. 그곳을 쏴하니 휩쓸던 소용돌이가 눈을 뜨겁게 했다. 관자놀이가 부르르 떨리며 콧속이 아렸다. 온몸이 쥐어짜여 입으로 터져나왔다. '우우…… 와……' 눈물이 주르르 콧볼을 적시며 흘러내렸다. 목을 심하게 컥컥거리며 봉칠은 샘물로 달려갔다. 바가지로 퍼올린 물을 정신없이 들이켰다. 눈물이 바가지에 툭 떨어져 넘어갔다.

대충 끼니를 에우고 봉칠은 기둥에 걸어 놓았던 낡은 예비 군복을 맨살에 걸쳤다. 몇 년을 줄창 입다보니, 물이 날라 얼룩무늬는 이미 잘 보이지도 않고, 언제 빨았었는지 팔꿈치나 무르팍은 때에 절어 새카만 것이 반질반질 윤이 났다. 따로 입을 옷도 없지만, 그는 이 옷이 질기고 때도 안 타 좋았다.

오랜만에 그는 숲에 가보고 싶었다. 낫을 챙겨 들었다. 쓰던 안 쓰던 숲에 들어갈 땐 항상 낫이 필요했다. 빈손은 너무 허전했다. 봉칠은 어정어정 계곡 쪽으로 걸어갔다.

바위를 타고 흘러내리는 물소리가 요란하다. 튀어 오른 물방울들이 햇빛을 받아 반짝이며 사방으로 떨어져 사그라들었다. 폭포를 이루며 쏟아진 물은 커다란 웅덩이에 맑은 물을 가득 채워놓고, 토라져 돌아서는 처녀의 치맛자락처럼 급히 휘어 돌아 흘러내려갔다.

그는 물끄러미 물을 내려다보았다. 물에 비친 자신을 보았다. 기다란 갈퀴머리에 더부룩한 수염 때문인지 일렁이는 물결 속에 시커먼 멧돼지가 한 마리 서있다는 생각이 들었다. 더웠다. 그는 때가 절어 거무죽죽한 팬티마저 벗어 던지고 물속으로 풍덩 뛰어 들었다. 고추를 딸랑거리며 뛰어들던 어릴 때부터 이제까지 물은 알몸으로 들어온 그를 언제나 부드럽게 감싸주었고, 그 속에서 마음대로 놀도록 허락했었다. 며칠 만에 감는 멱이라 꽤 오래도록 텀벙거렸다. 머리가죽 속까지 시원했다.

그는 벗어 놓은 옷을 주섬주섬 걸쳐 입고, 신발 끈을 단단히 동여매며 물속을 힐끔 들여다보았다. 놀라 달아났던 중투라지들이 꼬리를 흔들며 다시 모여들고 있었다. 돌멩이를 주워 획 던졌다. 잽싸게 흩어졌다가 다시 모여드는 그놈들을 바라보며 그는 씩 웃었다. 기분이 좋아졌다.

계곡을 따라 낫으로 길을 내며 천천히 올라갔다. 그 옆으로 굵은 나무를 타고 올라가 뒤얽혀 있는 다래 넝쿨에는 엄지만한 다래가 주렁주렁 매어달려 휘늘어져 있었다. 이 길은 어머니가 해마다 다래가 열릴 때면 얼마나 익었나 보러 갔다 오시곤 하는 길이었다. 그리고 빨리 익기를 초조하게 기다리며 세월을 재촉하셨다. 어머니 모습이 떠오르자 봉칠은 팔뚝에 불끈 힘이 솟아 앞을 가로막는 풀들을 부지런히 깎았다. 땀이 줄줄 흘러내렸다. 팔소매로 이마의 땀을 훔쳐냈다.

이 산중에서 봉칠은 어쩌다가 벌써 서른여덟 살이나 먹어버렸다. 여기서 태어나 아장아장 걸음마를 배웠고, 한 해도 빠짐없이 이런 여름을 이 산에서 맞이하며 먹어버린 나이였다. 하지만 그는 세월이 얼마나 흘렀는지 나이가 몇인지 그런 것에는 관심도 없고 알 필요도 없었다. 여름이 가고 가을이 오고 봄이 오고 또 여름이 오고 이어서 이어서 살 뿐이다. 얼마를 살았는지 얼마를 더 살아야 할지 그런 것엔 관심이 없었다. 어머니 모시고 그저 산하고 사는 것 밖에는 몰랐다.

그는 이 산에 풀 한 포기 나무 하나 손금 보듯이 훤히 알 수 있었다. 주위를 별반 살펴보지 않고도 길을 잘 찾아 올라가고 있었다. 온통 땀으로 범벅이 된 얼굴을, 윗옷을 훌렁 벗어 땀을 닦으며 지그시 다래 밭 어름을 둘러보았다. 그러다 갑자기, 그는 어머니도 안 계시는데 이 길을 왜 깎아야 하는지 한숨이 터져 나와 견딜 수가 없었다. 맥이 탁 풀렸다. 낫을 던져놓고 풀밭에다 옷을 펼치곤 벌러덩 누워 버렸다. 그는 만사가 다 귀찮고 하고 싶지 않았다. 힘이 빠지고 나른해져 왔다. 그대로 눈을 감아버렸다.

꼼짝 않고 누워있던 봉칠이 언뜻 눈을 떠 하늘을 보았다. 그 하늘에 난데없이 어머니가 보였다. 흰 저고리에 옷고름을 단정히 매고 맷돌질을 하고 계셨다. 그리고 그 자신도 어머니와 마주 앉아 함께 맷돌을 돌리고 있었다. 콩이 맷돌에서 갈려져 나와 하얗게 퍼져 나갔다. 어처구니를 잡은 손바닥이 따뜻하다. 그 기운이 가슴속으로 번져왔다. 눈을 껌벅이며 다시 보았다. 그런데 푸른 하늘만 그를 뻔히 내려다보고 있었다. 생시처럼 뚜렷했던 어머니 모습이 사라지자 봉칠은 너무 아쉬웠다. 다시 보았다. 멀리서 다가온 구름 한 조각이 하얀 홑이불이 되어 얇게 펼쳐지더니만, 빙글빙글 돌며 가는 솜실이 되어 하늘 꼭지로 사라졌다. 그는 벌떡 일어났다. 미치도록 어머니가 보고 싶었다. 땅을 내려다보고 하늘을 쳐다보았지만, 어디에도 어머니의 모습은 없었다. 속이 터질 것 같아 낫으로 풀들을 마구 내리쳤다. 숨만 찼다. 땀만 줄줄 흘러내렸다. 손바닥으로 땀을 훑으며 덕봉을 올려다보았다. 덕봉은 언제나 그대로였다. 그 아래 노루치로 흰 구름 한 조각이 넘어가려 하고 있었다. '아부지 산소가 저기 있는데, 그래 노루치나 올라가 보자.' 봉칠은 이렇게 맘먹고 옷을 걸쳐 입었다.

풀밭을 헤치며 터덕터덕 올라갔다. 이깔나무 아래로 들어서니 풀들이 자라지 못해 걷기가 편했다. 이깔나무 숲을 지나 참나무 우거진 숲으로 들어갔다. 굵은 단풍나무가 비스듬히 쓰러져 있어 밟고 지나갔다. 가시달린 엄나무도 보였다. 물푸레나무가 옆에 서있었다. 도끼자루를 하나 만들고 싶을 만한 크기다. 봉칠은 그냥 지나쳐 갔다. 한참을 지나 아름드리 소나무가 꽉 들어찬 곧추 선 가파른 길로 들어섰다. 가끔씩 나무를 손으로 잡으며 올라갔다. 송진 냄새가 물씬 풍겨져 나왔다. 송이 냄새를 맡는 느낌이 들었다. 이 더위만 지나가면 송이가 쑥쑥 나올 텐데 송이 밭을 은근한 눈길로 바라보며 그는 금세 굵은 송이라도 딴 듯 뿌듯한 심정이 되었다. 커다란 바위 밑을 돌아 나와 능선에 올라섰다.

조금 위쪽에 노루치를 굽어보는 아버지 산소가 빤히 보였다. 그는 산소로 갔다. 잔디가 무성하게 자란 봉분을 꽤나 오래도록 바라보았다. 여기 올 적이면, 늘상 아버지의 모습을 그려보려 무진 애를 썼다. 삼십 년도 훨씬 넘은 터라 도통 제대로 떠오르질 않았다. 해 질 녘 커다란 나뭇짐에 짓눌린 하얀 옷이 멀리서 다가오는 모습만 기억 속에 남아 아른거렸다. 그나마 더 자세히 떠올리려 하면 할수록 나뭇짐은 점점 커져 산이 되어 버리고 하얀 옷은 점이 되어 사라져버렸다. 끝내 산만 우두커니 바라보게 되곤 했다. 아버지 모습을 그린다는 것이 그로선 싱거웠다. 그렇게 싱거워질 때면 어머니의 모습이 나타나 아버지를 대신했다. 남편이 그리울 땐 어머니는 노루치를 하염없이 바라보시곤, 가끔은 눈물을 훔치기도 했다. 자연스럽게 아들은 어머니의 마음을 닮아갔다. 아버지의 모습은 떠올리지 못해도 그리움은 아련히 가슴에 담겨 있었다.

오래전엔, 이 산에도 사람들이 많이 살고 있었다. 노루치 너머 더덕골엔 화전살이 하던 사람들이 살고 있었고, 아랫마을 주막거리도 지금보다 훨씬 큰 마을이었다. 그 무렵에 아버지가 돌아가셨고 노루치에 아버지를 모시는 것은 사람들이 많아 어려운 일이 아니었을 것이다. 화전 정리가 되면서 더덕골 사람들은 일찌감치 모두 떠나버리고 거기엔 멧돼지 집이나 있을까 인적이 끊어져 버렸다. 주막거리도 젊은 사람들을 시작으로 많은 사람들이 줄줄이 마을을 버리고 가버려서 홀로된 박 씨 영감까지 합쳐 간신히 열 가구를 채우고 있었다. 아이들 노는 소리, 아기 울음소리 끊긴지 오래되었고, 나이 먹어 떠나지 못하는 양주들만 마을이랍시고 그럭저럭 꾸려가고 있는 형편이었다. 봉칠이 가까운 뒷밭에나마 어머니를 모실 수 있었던 것도 다행이었다. 아버지 옆에 모시진 못했지만, 어머니 무덤이 곁에 있어 오히려 그로선 든든하고 덜 외로웠다. 그렇지만 멀리 떨어진 아버지 산소를 바라보면 안타까운 마음은 지울 수 없었다.

그는 산소에 잡초를 뽑아 아래로 던졌다. 그때 잠시 잊었던 소리가 다시 찾아오듯 쌩하는 차 소리가 들려왔다. 멈칫 그는 노루치를 내려다보았다. 멀리서 차들이 달려와 노루치를 넘어가고 있었다.

이 산중에도 사람들이 꽤나 살던 시절에, 더덕골 사람들이 원주 시내로 저자 보러 가려면, 노루치를 넘고 봉칠이네 집 앞을 지나 주막거리를 거쳐 길을 떠났다. 지금이야 하늘 아래 첫 동네가 주막거리지만, 그 당시로는 더덕골이 하늘 아래 첫 동네였다. 그래서 더덕골 사람들은 아랫마을 사람들보다 일찌감치 길을 나서게 되고, 산길을 헤집고 내려오면서 꺼진 속을 어느 정도 채우려면, 사내들은 주막거리에서 대포 한 잔 걸치지 않을 수 없다. 다행스러운 건 이 마을을 조금 벗어나면 신작로가 시작된다. 신작로라고 하지만, 울퉁불퉁 험한 길이라서 지프차나 트럭이 아니면 들어오고 싶어도 못 들어온다. 하지만 더덕골 사람들에겐 산길에 비하면 이건 진짜 신작로였고 평지길이다. 배도 어느 정도 찼겠다, 숨을 들이마시고 다리에 힘을 주어 신나게 걷기 시작하면 산속에 살던 사람들이라 아랫마을 사람들은 따라오질 못할 정도로 빠르다. 그래야 해 지기 전에 장을 제대로 보고 돌아올 수 있었다. 든든히 배를 채워도 원주 시내에 들어갈 때쯤이면 쉽게 허기가 진다. 마을을 다섯이나 지나 원수재를 내려서면, 배부릉산이 시내를 가로막고 있다. 이 산 옆을 돌아 시내로 들어가려면 다시 마을 여섯을 지나야 된다. 콩이며 팥이며 짊어지고 너덧 시간을 걸으면 허기 안 질 장사가 없다. 시내로 들어갈 땐 그래도 내리막길이라 빠른 편이다. 돌아올 땐 계속 오르막이라 느릴 수밖에 없고, 거나하게 한 잔 걸친 사람은 더 그렇다. 저자 보러 간 날은 이래저래 하루가 꼬박 걸리기 마련이다. 여름엔 그나마 집에 도착할 무렵, 그제야 해가 뉘엿뉘엿 지고 있지만, 겨울에는 원수재 밑에 닿으면 벌써 해는 깝북 넘어가려 든다. 저녁연기가 피어오르는 집들을 바라보며, 이 가파른 재를 구비구비 올라갈 때면, 에이, 이놈의 웬수 같은 재하며 저절로 씨부렁거리게 된다. 아직도 먼 노루치를 넘을 땐, 달이라도 뜨면 정말 다행이었다.

　이용하는 사람이 별로 없는 이곳 주막거리까지 몇 해 전부터 대충 길을 보수하고 버스가 다녔다. 아침에 한 번 저녁에 한 번 생색내듯 다녔다. 그러더니 지난해부터 '와르릉 쿵쾅' 산을 허물어 잘라내곤 해마다 날아오던 백로를 멀리 내쫓더니, 진달 래가 볼긋볼긋 산을 물들여 가던 몇 달 전에 기어코 이 검은 길 이 완공되었다. 원수재를 넘어와 노루치를 뚫고 지나가는 그 길로 차들이 씽씽거리며 다니기 시작했다.

봉칠은 아스팔트길을 내려다보았다. 처음 공사가 시작되었 을 때 이 산으로 큰길이 밀려들어오는 것이 그는 왠지 불안했 다. 그런데, 완성된 큰길을 이제 바로 위에서 내려다보니, 도무 지 믿겨지지가 않았다. 그저 신기하게만 여겨졌다. 아득히 먼 곳까지 멍하니 바라보았다. 시커먼 길, 그 한가운데를 선명한 노란 선이 두 쪽으로 갈라놓고 끝없이 달려가고 있었다.

오래도록 바라보다 고개를 돌려 앞을 보았다. 건너편에 빼 롱 솟은 빼롱자가 건너다 보였다. 나물을 뜯거나 더덕을 캐러 노루치까지 왔을 땐, 거의 언제나 그는 빼롱자로 올라갔다. 거 기서 아버지 무덤을 바라보다 우뚝 솟은 덕봉을 올려다본다. 그러면 든든한 기운이 저절로 생겨나 그냥 좋았다. 그는 빼롱 자로 건너가고 싶어 뛰어 내려갔다. 잔가지가 얼굴을 때렸다. 풀숲을 헤치며 더 내려가려다 말고 우뚝 멈추어 섰다. 아래는 벌건 맨살이 드러난 채 절벽이 되어 있었다. 노루치는 이미 잘

려 나가고 없었다. 옆으로 돌아 아래로 내려가 볼까 머뭇거릴 때 커다란 트럭이 지축을 흔들며 노루치로 들이닥쳤다. 뒤이어 또 차가 달려왔다. 이번엔 택시였다. 나를 듯이 빨랐다. 귓전에 쌩 소리가 들리더니 벌써 고개를 넘어가고 있었다. 봉칠은 더럭 무서운 생각이 들며 길 건너기가 싫어졌다. 돌아섰다. 이제는 노루도 저 아스팔트길을 건너지 않을 거라 여겨졌다.

홀쩍 능선을 넘어서니 다시 산은 조용해졌다. 뒤통수를 따라오던 차 소리도 들리지 않았다. 내려오는 길에 어디선가, 나무에 구멍 뚫은 딱따구리 소리가 '딱딱딱딱……' 정겹게 들려왔다. 두리번거리며 찾았으나 딱따구리는 보이지 않고, 이 나무 저 나무로 펄쩍펄쩍 건너뛰며 나뭇가지를 흔들고 있는 청설모만 보였다. 바로 아래엔 꺽다리 산나리 꽃이 히쭉 웃고 있었다.

목이 말라 그는 계곡 쪽으로 걸어갔다. 시원스레 들려오는 물소리가 언제 들어도 정다웠다. 물소리를 들으며 다가가던 그는 문득 물소리처럼 재잘대며 학교 가려고 넘어오던 옛 아이들이 아슴아슴 떠올랐다. 그러더니 아예 옛일이 줄줄이 꿰어져 나왔다.

아이들이 봉칠네 집 앞을 떠들며 지날 때면, 어린 그도 얼른 책보를 등에 엇비슷이 매고, 어깨 위와 겨드랑이 밑으로 나온 보의 두 끄트머리를 잡아 가슴팍에 질끈 동여매면서 황급히 따라나섰다. 학교 가는 것보다 아이들과 동무해서 가는 게 좋아 따라나선 것이다. 분교는 주막거리와 원수재 중간쯤에 있었다. 분교가 가까워지면, 그는 아이들에게서 슬그머니 떨어져나와 외진 개울가로 갔다. 거기서 중간치기를 했다. 학교를 가는 날보다 중간치기가 더 많았다. 이것저것 노는 것도 꽤 여러 가지 터득했다. 주로 물수제비를 띄우기도 하고, 돌을 뒤집어 물고기를 잡기도 하고, 어떤 때는 쓸데없이 개미만 눌러 죽이려고 쫓아다니기도 했다. 노는 것이 공부하는 척 하는 것보다 훨씬 재미있었다. 그렇게 놀다 하교하는 아이들을 따라 집으로 돌아왔다. 아이들을 기다리기 지루한 때는 어른들을 만나지 않는 산길로 들어서서 자주 들르던 컴컴한 바위굴에 들어가, 주워온 차돌을 서로 부딪혀 번쩍번쩍 튀는 불꽃놀이를 했다. 그래도 심심하면 빼룽자를 넘어, 노루치로 해서 일찌감치 집으로 돌아와 버렸다. 그리곤 어머니 치마꼬리를 잡고 밭매는 데도 따라가고, 나무하러 갈 때도 쫓아다니면서 쉬운 일은 조금씩 거들기도 했다. 어머니는 아들이 함께인 것만으로도 즐거워하셨다. 학년이 올라갈수록 숫제 학교를 나가지 않았다. 담임 선생님이 바뀔 때마다 선생님 등살에 못 이겨, 데리러 온 아이들에게 끌려가다시피 어쩌다 학교에 갔다. 그렇지 않아도 학교

오기 싫었는데, 선생님께 엄한 훈계라도 듣게 되면 첫 시간 끝나고 쉬는 시간에 바로 도망쳐 집으로 돌아왔다. 그러곤 가지 않았다. 아들이 학교에 가든 말든 어머니는 한 번도 공부 얘기, 학교 얘기는 하신 적이 없다. 그도 학교보다는 어머니와 함께 있는 것이 좋고, 산이 더 좋았다. 제자 사랑하고 교육열 높으신 선생님이 어쩌다 봉칠이 학급에 담임을 맡아 소임을 다하려고, 걸어서 산중까지 가정방문을 왔다. 어머니는 감자와 옥수수 삶은 것을 내어 놓고 선생님 얘기만 들을 뿐 아무 대꾸도 하지 않으셨다. 중간치기 한 사실을 알았지만, 야단은커녕 오히려 맛있는 장떡부치기를 만들어 주셨다. 정말이지 학교 가는 짓은 봉칠에게 아무런 의미가 없었다. 호박 따는 일보다도 하찮은 것이 되어버렸다. 졸업반이 될 무렵에는 학교는 아주 잊어버렸다. 지게질도 조금씩 하면서 농사일도 쉽게 배워 나갔다. 마을에서 장려송아지를 한 마리 얻어 키울 수 있게 되자, 이제 아들에게 더 이상 바랄 게 없을 정도로 어머니는 대견해 하셨다.

졸업식에도 나오지 않은 봉칠에게 학교에서는 대충 출석 일수를 늘려 졸업장을 보내 주었다. 가난하고 불쌍한 봉칠이의 장래를 걱정해 은혜를 베푼 것이겠으나, 봉칠이나 어머니 둘 다 글을 몰랐다. 졸업장을 바로 들었다 거꾸로 들었다 하며 들여다보고는 아무데나 던져두었다가, 어느 날 어머니는 뚫어진 문구멍에다 발랐다.

산에서 글이 아무 소용없었지만, 연필 한 번 제대로 잡아 본 적 없는 봉칠에게 관공서 같은 곳은 정말 골치였다. 이름자라도 적으려고 하면, 남이 써주던가, 보고 베껴야 하는데 이건 지렁이 기어가듯 간신히 그려내니 가관이었다. 그때마다 어디 받침이 하나씩 빠져도 꼭 빠져, 김보치가 되던지 김봉치가 되어 으레 망신살이 뻗쳤다. 그러던 말던, 그 자리만 모면하고 산에 올라오면 그는 까맣게 잊어버렸다.

그건 정작 약과였다. 군에 갈 나이가 되어 그도 징병검사를 받아야만 되었다. 팬티를 내리고 엉덩이를 깔 때부터 동작이 굼뜨다고 욕을 먹기 시작했다. 뭐가 뭔지 정신이 없어 어리대다가, 여기저기서 코가 쏙 빠지도록 혼이 나고 색맹검사 테이블까지 오게 됐다. 이색저색 뒤섞인 알록달록한 카드가 앞에 펼쳐져 있었다. 봉칠은 이런 것을 본 적도 없고, 왜 이런 것을 내놓았는지 알 수 없어 빤히 들여다만 보았다. 하얀 가운을 입고 반듯이 앉아있던 군의관이 답답했던지 한마디 던졌다.

"무슨 글자요?"

봉칠이 보기엔 알록달록하기만 해서 가만히 있었다. 약간 짜증이 난 군의관이 언성을 높여 다시 물었다.

"색맹인가?"

색맹이 뭔 말인지 알아들을 리 만무였다. 카드만 바라보고 묵묵부답 서있었다. 뒤에 사람들이 자꾸 밀리기 시작하자, 군의관은 화가 치밀어 올랐다. 벌떡 일어나서 버럭 소리를 질렀다.

"뭐 이런 놈이 다 있어."

봉칠은 깜짝 놀라 뒤로 주춤 물러섰다. 면에서 부탁하여 책임지고 봉칠이를 이곳까지 데려온 동창 녀석이 뒤에서 지켜보다가 그 모습이 한심했던지 저도 모르게 한마디 툭 내뱉었다.

"걘, 저능아에요."

군의관이 이 소리를 알아듣고 침착하게 봉칠이를 뜯어보았다. 팔을 침팬지처럼 척 늘어뜨리고 어정쩡하게 서있는 모습이 정상은 아닌 것처럼 보였다. 그는 일부러 눈꺼풀에 힘을 주어 딱부리눈을 하고, 봉칠이의 눈을 응시했다. 멀건 눈알을 어디에 둘 줄 몰라 두리번거리며, 급히 숨을 들이마시고 내쉬느라 코는 벌죽거리고 배는 불룩거렸다. 그의 이런 모습을 보고 군의관이 득의로운 미소를 지으며 고개를 끄덕였다.

"이 녀석 정말 바보인 모양이야. 다른 검사부터 받고 제일 나중에 이리 오도록 해."

생전 처음 겪어보는 이런 일들에 봉칠은 가슴이 후당당거리고 얼이 빠져버렸다. 놀라고 당황해서 쩔쩔매건만, 앞뒤에서 킥킥거리기나 할 뿐, 누구 하나 아랑곳하지 않았다.

어디에 왔는지도 모른 채, 시력검사장에서 한쪽 눈을 가리고 서있었다. 혼이 난 뒤라 아직도 다리가 후들후들 떨려 진정이 되지 않았다. 하얀 가운이 지시봉 끝을 시력표의 어떤 기호에 대고 있었다. 봉칠은 여전히 왜 저러는지 알 수 없었다. 여기저기 대어 보아도 아무 반응이 없어, 하얀 가운은 고개를 갸웃하며 제일 위 가장 큰 기호에 지시봉 끝을 댔다. 그래도 마냥 대답이 없자, 물었다.

"도대체, 시력이 얼만가?"

'시력' 이란 말 자체를 처음 들어 본 봉칠이 알 턱이 없었다. 외눈을 껌벅이며 또 다시 혼날까봐 후들거리며 서있기만 했다.

"교정시력은 얼마야?"

하얀 가운이 언성을 높여 다시 물었다. 봉칠은 더더욱 알 수 없어 눈만 멀뚱거렸다. 하얀 가운은 약이 바짝 올랐다. 지시봉을 쭉 내뻗으며 버럭 소리를 질렀다.

"야! 대답 안 해."

덜덜 떨던 봉칠은 그만 입이 꽉 다물어져 뭐라고 입을 열어도 열리지가 않았다. 순간, 지시봉 끝이 눈앞으로 쑥 뻗쳐오자, 너무 놀란 나머지 자신도 모르게 뒤로 돌아섰다. 갑자기 눈물이 핑 돌았다. 빼롱자가 보였다. 우뚝 솟은 덕봉 아래로 구름이 흘러가고 있었다. 그냥 뛰었다.

"제자리 섯."

벼락 치는 소리에 깜짝 놀라 멈췄다. 하마터면 시멘트벽에 이마를 부딪칠 뻔했다. 정신을 차렸을 땐 하얀 가운에게 귀를 잡혀 끌려가고 있었다.

이후론 군대는 말할 것도 없고 민방위에서도 부르질 않았다. 그날 이후 사람 많은 곳이라면 넌더리가 났다. 그로서는 바보라 하던, 저능아라 하던, 아무튼 그런 곳에서 부르지 않는 것이 다행스럽게만 여겨졌다. 어쩔 수 없이 사람 많은 곳에 가게 되더라도, 볼일만 마치면 즉시 돌아왔다. 끓는 쇠죽물에 손가락이 닿았을 때, 화다닥 빼듯이 그렇게 돌아왔다. 산으로 들어오면 안심이 되고 더없이 포근했다.

계곡에 들어선 봉칠은 배를 땅에 대고 납쭉 엎드려 계곡물에 얼굴을 처박고, 갈증이 나던 판에 배가 불룩하도록 물을 들이켰다. 땀도 쑥 들어갔다. 내려오면서 산초 잎을 따 살짝 코에 댔다. 아릿한 향기에 콧속이 시원해지며 한결 걸음이 가벼워졌다.

집 마당에 들어선 그는 낫을 봉당에 아무렇게나 던져놓고, 어디 다녀와선 늘 하던 평소 습관대로 어머니를 찾았다. 방문도 열어보고 부엌도 들여다보았다. 뒤란에도 가보고 휑한 마당을 다시 둘러보았다. 어머니는 없었다. 마디마디 힘이 쭉 빠져버렸다. 모든 것이 낯설고 썰렁했다. 이런 일이 몇 달째 반복되지만 쉽게 바뀌지 않았다. 외로움에 짓눌린 봉칠은 마당가에 쭈그리고 앉아 연신 숨만 들이쉬고 내쉬었다.

한참만에야 제정신으로 돌아온 그의 눈에 앞밭이 보이기 시작했다. 탈심하여 건성으로 지은 농사건만 고맙게도 잘 자라주어서 캘 때가 된 감자는 무성한 잎으로 밭을 뒤덮고 듬성듬성 싱싱하고 뽀얀 꽃을 자랑스레 피우고 있었다. 쭈그리고 앉아 감자밭을 바라보던 봉칠이의 허전한 눈길이 바로 앞, 밭머리에 점잖게 누워있는 싸리빗자루에 닿았다. 눈이 번쩍 떠지며 생기가 일었다. 다가가 얼른 집어 들어 겨드랑이에 꼭 끼며 감싸 안았다. 이렇게 반가울 수가 없었다.

어머니 가신 후, 긴긴 겨울밤을 홀로 뒤척이며 겨우 잠들었다. 일어난 아침, 문을 열고 밖으로 나와 보니 눈이 소복이 쌓여 있었다. 그날 싸리비를 들고 마을로 가는 길을 부지런히 쓸었다. 올라오면서 다시 쓸었다. 저녁 무렵부터 눈은 또 내렸다. 다음날도 비질을 했다. 어려서부터 마을 어귀 너스럭바위까지 눈을 치우던 습관대로 눈을 쓸었다. 그것보다는 심심하고 적적하고 팔다리가 근질거려 쓸었다는 게 옳았다. 쓸데없이 며칠을 빗자루를 들고 너스럭바위까지 갔다가 왔다. 괜히 소나무에

소담스레 얹혀 있는 순두부 같은 눈을 비로 쳐서 우르르 떨어
뜨리기도 하고, 빗자루를 휘휘 돌리다가 꽁무니를 앞으로 해서
창처럼 던져 보기도 하면서 다녔다. 그 무렵부턴 어쩌다 마을
에 갈 때도 빗자루를 들고 갔다. 빈손보다는 그 놈을 어깨에 메
고 걸어 다니는 것이 산에 낫 들고 올라가는 것처럼 차츰 익숙
해져 버렸다. 정이 들어갔다. 어쩌면 빗자루가 친구로 보였는
지도 모르겠다. 그대로 친구가 되어 버렸다. 그냥 가려 하다가
도 마당에 자빠져 있는 빗자루를 보면 자연 들고 가게 되었다.
어떤 날은 마당에서도 빗자루를 가지고 놀았다. 발로 툭 차올
려 받아 보기도 하고, 손바닥 위에 곧추 세워 보기도 하고, 그
큰 빗자루 꽁무니로 등도 긁어보고, 등 뒤에 가로대고 양팔로
깍지 끼고 마당을 왔다 갔다 하다가, 땅바닥을 탁 쳐서 개구리
를 놀라게 하고, 소 등도 쓸어주었다. 그렇게 함께 놀다가 마당
한쪽에 휙 던져두곤 했다.

빗자루를 잡자 갑자기 마을에 가고픈 생각이 치밀어 올랐
다. 두어 달 넘도록 내려가질 않았다. 오랜만에 마을 어귀께나
가볼 양으로 감자밭을 지나 숲속 오솔길로 들어섰다. 빗자루로
나무등치를 툭툭 건드려가며, 거미줄이 있으면 치워가면서 내
려갔다.

불쑥 내밀은 산모퉁이를 돌아서니 마을이 보였다. 한참을

걸은 뒤라 다리도 펼 겸 너스럭 바위에 빗자루를 베개로 누웠다. 평소 여기서 마을을 바라보던 대로 물끄러미 마을을 바라보았다. 마을은 변해 있었다. 큼직한 새 집이 들어서 있었다. 그것도 마을 앞에 떡 버티고 있어, 그는 딴 세상에 온듯 너무 낯설은 마을 모습에 편안히 누워 있을 수 없었다. 벌떡 일어났다.

흑갈색의 아스팔트 싱글 지붕에 붉은 벽돌로 쌓아 지은 이층집은 크고 견고해 보였다. 뒤편 마을의 납쭉한 집들은 더 납쭉해서 당장이라도 풀썩 주저앉을 것만 같았다. 금세 저렇게 큰 집이 들어서다니 믿기지가 않았다. 머리를 설레설레 흔들며 봉칠은 큰 집을 바라보았다. 네모 번듯한 커다란 창문들이 현란한 빛으로 번쩍거렸다. 그는 한편으로, 그 번쩍거림에 호기심이 일어났다. 두려우면서도 다가가고픈 유혹에 견딜 수 없어 마을로 걸음을 옮겼다.

덕봉의 겨드랑이 노루치께서 태어난 물이 산허리를 이리저리 돌아, 마을 앞을 지날 때는 제법 큰 개울이 된다. 그 개울 위로 마을과 이어지는, 모래알이 까칠하게 드러난 시멘트보를 지나 둑 위에 올라섰다. 대여섯 발자국 앞에 두꺼운 옹벽으로 된 사각형 굴다리가 입을 벌리고 있고 아스팔트가 그 위를 덮어버렸다.

봉칠은 저 길이 만들어 지고 나서 여즉 그곳을 건너가 보진 못했다. 그런데 지금은 이상스런 새 집에 끌렸는지 건너고 싶은 마음이 슬그머니 일어났다. 그는 큰 맘 먹고, 아스팔트 위로 우뚝 올라섰다. 스스로 참 대견하다고 여기며 앞을 보았다.

맞은편엔 아치형 철문이 높이 솟아 있고 꼭대기에 흰색으로 '덕봉가든'이라는 큼직한 글자가 박혀 있다. 옆에는 심은 지 얼마 안돼 보이는 정원수들이 잘 배치되어 담장을 대신했다. 하지만 글자는 물론이고 그곳이 뭐하는 곳인지 알길 없는 봉칠은 높다란 문만 처다보아도 괜히 몸이 쪼그라들고 지레 겁부터 났다. 그런 중에도 저 안에 무엇이 살까 하는 엉뚱한 생각이 스쳤다. 택시가 씽 바람을 가르며 무서운 속도로 지나갔다. 그는 깜짝 놀랐다. 뒤따라 꽈르릉 하며 대형 트럭이 달려왔다. 돌아섰다. 트럭은 세찬 바람을 끼얹어 놓고 저만큼 사라져갔다. 그는 놀라긴 했어도, '허' 하며 견딜만하다는 기분이 들었다. 기분과는 달리 또 쏜살같이 차가 달려오자 몸은 본능적으로 돌아섰다. 봉칠은 속상해서 '에이' 하며 어깨에 메고 있던 빗자루를 내렸다. 길가에 흩어져 있는 돌멩이를 두들겨 패듯 꽉꽉 쓸었다. 어떤 놈은 날아가고 어떤 놈은 굴러가며 개울가로 후두둑 떨어졌다. 왔다 갔다 하며 쓸었다. 비질에 빠져 놀랄 틈도 없이, 차가 여러 대 지나갔다. 의연해진 그는 허리를 세우고 어깨를 폈다. 턱을 약간 들고 길 저 멀리까지 또릿또릿 바라보았다. 또 차가 지나갔다. 눈도 깜박하지 않았다. 그는 씩 웃었다. 정말 견딜만하다고 혼자 끄덕거렸다.

해는 벌써 덕봉에 닿을 듯 말 듯 붉어져 가고 있었다. 빗자루를 둘러멘 봉칠이의 그림자가 길대로 길어진 허수아비 그림자 같았다. '해지기 전에 집에 가야지' 하고 막 돌아서려는데 누군가 그를 불렀다.

"게, 봉칠이 아니여."

철대문 앞에서 봉칠이를 본 동네 아주머니가 길을 건너오라고 손짓을 했다. 주춤거리는 그에게 다시 손짓을 했다.

"빨리 건너오지 않고 뭘 해어."

에라. 모르겠다. 휙 건너갔다.

"으이그, 어벙하긴, 웬 빗자루를 메고 다니남."

반지르한 까만 자가용 한 대가 이들 앞을 지나, 옆 주차장으로 미끄러져 들어갔다. 몇 번 와봤던지 동네 아주머니는 제법 익숙하게 현관문 쪽으로 그를 데리고 갔다. 현관 계단 앞에는 '축 개업'이라고 쓴 화환이 즐비하게 늘어서 있었다. 철대문 안으로 들어선 봉칠은 주눅이 들어, 되돌아 가려해도 몸이 뜻대로 말을 듣지 않았다. 꼼짝없이 절에 온 색시가 되었다. 유리알 같은 대리석 계단을 살살 밟으며 따라갔다. 테이블 몇 개 놓여

있는 홀 옆에 긴 복도가 나있고, 한쪽으로 쪽마루가 길게 놓여 있었다. 그 위로 여러 개 쭉 이어진 격자 미닫이문이 활짝 열려 있었다. 넓은 방에는 기다란 상을 마주하고 많은 사람들이 북적거리며 앉아 있었다. 모두 허여멀건 얼굴에다 개중에 금테안경을 번쩍이며 앉아 있는 사람도 있고 여자들도 여럿 보였다. 여자들은 연실 젓가락질을 했다. 매끈한 손을 뻗어 루즈 칠한 입술 사이로 젓가락을 집어넣었다 뺐다. 마을 사람들은 한쪽 구석에 추레한 모습으로 앉아 있었다. 거무튀튀한 얼굴에 굵은 주름살들이 촌사람이라고 써붙인듯 했다. 게다가 마디 굵은 손으로 젓가락질을 하는 태가, 호미질하듯이 음식을 집어 입을 쩍 벌리고 넣었다. 어쨌든 맛있게들 먹고 있었다.

여직 빗자루를 메고 있는 봉칠이의 모습을 본 동네 아주머니는 얼른 빗자루를 뺏어 쪽마루 밑으로 집어넣곤 들어가자고 재촉했다. 봉칠이는 죄지은 것도 없는데도 등을 구부리고 고개를 떨군 채 따라갔다. 가슴은 계속 후당당거렸다. 봉칠이를 본 방안 사람들은 얼굴을 찡그리며 외면했다. 그래도 안면이 있는 마을 사람들은 그를 반갑게 맞았다. 그도 조금은 안심이 되어 마을 사람들을 보고 웃으려고 눈을 찡그리며 애를 썼다.

"벙칠이 왔구나."

어린이 대하는 말투로 한마디씩 지껄였다. 환갑을 벌써 넘겼거나 칠순이 다 된 사람들이니 그럴 법도 하겠지만, 봉칠이가 워낙 어벙하다보니 그렇게 대하는 것이 오히려 서로 편안했다. 그들은 그를 제일 구석진 곳에 숨기듯 앉혔다.

닭볶음탕이며, 갈비찜, 전, 떡, 메추리알, 잡채, 각종 튀김 하며 갖가지 먹음직한 요리들이 상위에 가득 차려져 있었다. 말 그대로 진수성찬이었다. 이걸 먹어도 되는 건가 머뭇거리던 봉칠은 몹시 허기진 터라, 밥 한 그릇을 꿀떡 해치우고 앞에 있는 음식들을 실컷 먹었다. 소주도 몇 잔 마셨다. 이렇게 잘 먹어보긴 평생 처음이었다. 다들 먹는데 정신이 팔려있는데, 주인이 와서 인사를 했다. 사십 대 중반쯤 되어 보였다. 티셔츠에 빨간 등산조끼를 걸쳐, 약간 경망스러워 보이는 것 외엔 스포츠형 머리며, 딱 벌어진 어깨가 무척 다부진 모습이었다.

"개업겸 집들이로 동네 분들을 모셨습니다. 차린 것 없더라도 많이들 드십시오."

가운데 앉아있던 반장이 담뱃불을 비벼 끄고는 쉰 목소리로 한마디 했다.

"박 사장님 덕분에 우리 동네가 큰 발전을 하게 되었구만요."

"별 말씀을 다하십니다. 동네 발전에 도움이 되는 일이라면 앞으로 성심껏 해보겠습니다."

주인은 기분 좋은 표정으로 턱을 약간 치켜들곤 어깨를 으쓱했다.

"에, 그러니까, 지금 시대가 그렇지 않습니까? 대통령께서도 거듭 거듭 세계화를 외치지 않습니까? 우리 마을도 문을 확 열어야 합니다. 풍광이 빼어난 이곳으로 외부에 많은 사람들이 찾아오도록 해야 합니다. 세계화 시대에 세계인이 이곳에 찾아올 지 어떻게 압니까? 우선 우리 주민들이 마음을 열고 이런 시대를 맞을 준비가 되어야 한다고 봅니다. 제가 마을 발전을 위해 할 수 있는 일이라면 뭐든 하겠습니다. 오늘 이렇게 찾아 주셔서 너무 고맙고요. 맛있게 많이 드십시오. 고맙습니다."

이곳저곳에서 박수가 터져 나왔다. 하지만 마을 사람들은 그렇잖아도 기가 죽어 있던 터인데 주인이 대통령이니 세계화니 떠드니 더더욱 주눅이 들어 눈을 내리 깔고 합죽이가 되었다. 주인은 많이 드시라는 입에 발린 몇 마디 더 내뱉고는 딴 곳으로 가버렸다.

넓은 방은 취기 오른 사람들의 수다로 시끌벅적해져 버렸다. 들을 얘기도 없고 할 얘기도 없는 봉칠은 엷은 베이지색 벽지를 바라보았다. 그것도 불빛에 반사되어 오래 바라볼 수가 없어, 눈만 껌벅거리고 앉아있는 것이 여간 지루하지가 않았다. 그렇다고 벌떡 일어나 나갈려니, 많은 사람들 사이를 걸어가는 것이 또한 두려웠다. 한참을 그러고 앉아있는데 오줌이 너무 마려웠다. 그는 용기를 내어 살그머니 일어섰다. 마루 밑에 빗자루를 꺼내고 신발을 신었다. 살금살금 복도를 따라 입구 쪽 홀 안으로 걸어갔다. 나비넥타이를 한 종업원 둘이 상을 찡그리며 그의 아래위를 훑어보다간 휙 고개를 돌렸다. 그때 마침 방안에서 복도로 나오려던 주인이 봉칠이를 봤다. 더부룩한 머리며, 온통 땟구정물 같은 뒷모습에다, 어깨엔 또 뭘 들쳐메고 걸어가는 꼴이 아무리 봐도 손님은 아닌 것 같아 고개를 이리 갸웃 저리 갸웃거렸다. 그러다 도저히 못 참겠다는 듯이 신발을 신다 말고 버럭 고함을 쳤다.

"이봐, 당신 누구야?"

그 소리에 놀란 봉칠이 힐끔 뒤를 돌아보았다. 빨간 조끼가 눈에 들어왔다. 덜컥 겁이 났다. 하얀 가운이 덮쳐오는 것 같았다. 무서웠다. 현관 쪽으로 잽싸게 몸을 틀어 정신없이 내달렸다. 어찌나 힘껏 달렸는지 순식간에 아스팔트길을 건너와 있었다. 숨을 돌리고 돌아보니 쫓아오는 사람은 없었다. 참았던 오줌을 시원하게 내갈겼다.

가든집의 높다란 철대문에는 올뱅이처럼 닥지닥지 매달린 새끼전구들이 현란하게 점멸하며 주변을 유혹하고 있었다. 마당 안은 수박만한 등들이 구석구석을 밝히고, 이층 카페에선 노르스름한 산데리아 불빛이 밤색에 녹아들어 한껏 아늑해 보였다.

봉칠은 자신이 저곳에 들어가서 그 많은 도시 사람들과 함께 음식을 먹은 것이 도대체 믿기지 않았다. 다시 들어가라고 떠다밀어도 못 들어갈 것 같았다.

열나흘 달이 벌써 높이 떠올라 있었다. 집으로 가려고 건너 숲을 바라보았다. 계곡의 휘어진 모습이 달빛에 뚜렷이 드러나 있었다.

그런데 오늘따라 봉칠은 숲이 어둡게 느껴지고 우중충하니 낯설어 보였다. 그믐밤에도, 눈비 올 때도, 그런 적이 없었는데 이상하게도 선뜻 그곳으로 들어가질 못했다. 바람이 선들 불어와 콧속을 시원히 뚫어주더니, 눌려있던 취기마저 일깨웠다. 아스팔트길을 따라 걷기 시작했다. 꿈결 같기만 했던 가든집에서의 식사를 되씹으며, 아쉬운 듯 몇 번이고 돌아서서 가든집을 내려다보았다. 가든집은 휘황한 안개 빛에 묻혀 있었다. 마을은 이미 그 속으로 사라지고 없었다. 봉칠은 휘적휘적 제 그림자를 따라 걸어갔다. 움직일 때마다 빗자루 끝이 살짝살짝 흔들리고, 달맞이꽃은 달빛에 물 들은 흰 얼굴로 달만 바라보고 있었다.

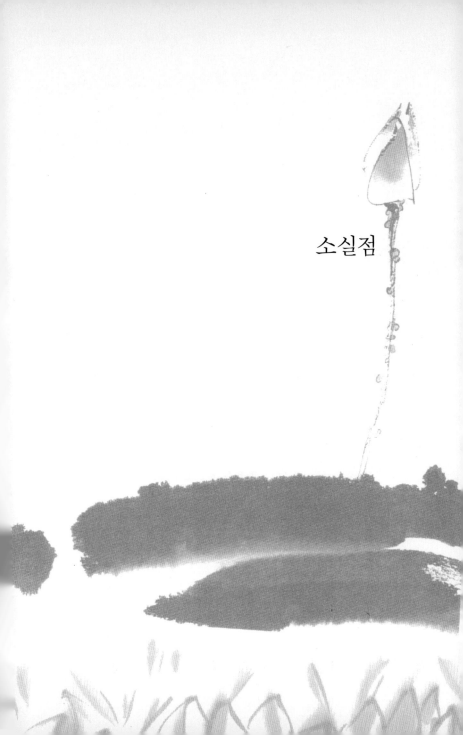

소실점

1

　　　　　　　　　　　마실 갔다 오는 듯한 조그맣
고 하얀 털북숭이 강아지가 달리는 차를 피해 능숙하게 아스팔
트길을 건너왔다. 소주 뒷들이 팻트병을 베고 인도바닥에 늘어
진 윤구를 힐끗 쳐다보곤 발끝머리를 돌아 바로 앞 찐빵집 유
리문 하단을 앞발로 긁기 시작했다. 샷슈판이 빠각빠각 소리를
냈다. 문을 열어 달라는 신호임에 틀림없다. 이때 윤구는 갑자
기 드르렁 푸, 코를 골기 시작했다. 깜짝 놀란 강아지가 요란하
게 짖기 시작했다. 사라락 롤러 굴러가는 소리와 함께 유리문
이 열렸다. 강아지는 잽싸게 문지방을 뛰어넘어 안으로 들어갔
다.

　"누가 쌔미를 풀어 주었어? 뒷마당에 얼릉 가봐. 차들은 씽

씽거리고 다니는데…… 이놈아! 어딜 그렇게 쏘다니니? 바람
났니?"

"쌔미 들어왔어요. 어머니!"

며느리의 음성이 들리자 안심이 된 듯, 비로소 찐빵집 아줌
마가 문 밖을 내다보았다.

"에크! 이게 누구야. 솔치 꼭대기 셋집담 김 씨 아니여. 이
더운 여름에 웬 코트야. 저 수염하곤…… 소문에 미쳤다더니.
정말!"

제멋대로 자라 눈코만 두고, 온통 얼굴을 덮고 있는 수염.
한 술 더 떠 이리저리 뻗치고 뭉친 머리카락은 흰색, 검은색 범
벅이 되어 희끄무레한 것이 윤기라곤 찾아 볼 수 없었다. 제대
로 가꾼 머릿결이었다면, 풋내 가신 노숙한 멋이 가장 잘 풍길
지도 모를 일이다. 하지만 지금 저 모습은 주인에게 버림받아
쓰레기더미에 대가리를 쑤셔 박고 썩은 음식이라도 찾다 쓰러
진 더러운 털북숭이 개 꼴이다. 바바리코트도 색이 바랠 대로
바래 희끗희끗 거무튀튀하다. 이곳저곳 실밥이 헤져 뜯어지고,
구겨질 대로 구겨져, 어느 낡은 집 쥐구멍이나 틀어막던지, 아
니면 개집에 깔거나 허수아비에 입히면 딱 좋은 상태였다.

어둠이 더욱 드리워지자 거리에 불빛도 그만큼 환해졌다.
술병을 베고 누워있는 윤구를 사람이라고 여길 수 있는 건 털

도 완전히 가리지 못한 홀쭉한 볼 위로 빼꼼한 눈언저리와 콧날이었다. 눈가엔 주름이 자글자글했지만 콧날만큼은 윤곽이 선명했다. 솔치로 내려오는 산 능선처럼 우뚝하고 길었다. 숨을 쉬고 살아 있다고 느껴질 부분이 콧날이었다. 그의 몸 전체 중에서 콧날에 불빛이 몰려, 그곳은 죽어도 썩지 않을 듯이 유난히 빛났다.

찐빵집 아줌마는 허리를 굽혀 윤구를 내려다보았다. 윤구는 푸, 푸, 요란하게 콧바람을 불어댔고, 그럴 때마다 삐죽 튀어나온 코털이 부르르 떨렸다. 게다가 술 냄새와 썩은 입 냄새, 쉰 듯한 땀 냄새가 섞여 시궁창보다 더한 냄새가 확 풍기자, 아줌마는 얼른 고개를 돌리고 손으로 입을 막았다. 헛구역질이 나서였다.

찐빵집 아줌마는 화가 나 씨근벌떡거리며 안으로 들어갔다. 유선전화기 옆에 전화번호가 적힌 낡은 공책을 들고 돋보기 없이 보느라 눈을 잔뜩 찡그리며 뒤적였다.

"거기 솔치 셋집담 김 씨네 집 맞지여. 여기 찐빵집인대요. 당신 남편이 술이 잔뜩 취해서 우리 가게 앞에 벌렁 자빠져 있어요. 빨랑 와서 데려가요이. 뭔 술을 저렇게 많이 처먹었대여. 빨랑 데려가요에이."

가는귀라도 먹은 사람이랑 지껄이듯이 언성을 높였다. 전화를 받고 있던 윤구댁도 설명을 다 듣고, 맞장구를 치며 남편 욕을 함께 퍼부었다. 그리곤 간곡하게 부탁하는 그녀의 목소리가 선을 타고 흘러나왔다.

"연락해주셔서 고마워요어. 거기 옆에 부동산사무실 있잖아여. 김 사장이라는 분이 아직 퇴근 안 했으면, 그분 차로 좀 부탁을 했으면 해서여. 며칠 전에도 그분이 실어다 줬었거든요어. 미안하지만, 막차도 벌써 끊어지고……"

"아! 맞아. 좀 아까 김 사장이 주문해서 내가 직접 찐빵 배달을 했거든. 아직 안 갔을 거야. 내가 당장 가서 부탁해볼 테니까 전화 끊어요."

2

어쩌다 지나가는 차들이 뿌연 흙먼지를 흩날릴지라도 비포장 신작로 길이었을 때가 산꼭대기 솔치 마을은 가장 행복했던 시절이었을지도 모른다. 당시는 세 집이 아니라 십여 가구가 오손도손 함께 살아가는 마을이었다. 이 큰 재를 넘자면 열세 구비를 돌고 돌아서야 허덕거리며 간신히 고갯마루에 올라서게 된다. 내려가는 길도 아득한 구절양장이다.

당시엔 가뭄에 콩 나는 것보다도 더욱 적게 차가 다녔고 거의가 걸어 다니던 시절이다. 솔치를 가운데 두고 동편에는 주천장, 서편에는 황둔장이 선다. 사람들은 이 마을을 반드시 거쳐 갔다. 그래서 이 재를 넘어 다니는 사람들은 끊이질 않았다. 고갯마루 끝자락에 있는 주막집은 손님이 많을 땐 들마루를 마당에 두 개씩이나 내어 놓았다.

마을에도 사람이 많았다. 한 뼘의 땅이라도 놀리지 않고 이곳저곳 농사를 짓는 사람들, 이 골목 저 골목 뛰어다니는 아이들, 따라 다니는 강아지들, 무언가 지게에다 한 짐씩 지고 산에서 내려오는 장정들, 재를 넘어 다니는 사람들까지 해서 무척 생기가 넘쳤다. 새마을운동이 한창이던 당시엔 마을회관이 있는 아랫마을로 십여 명이 떼지어 내려가서 제법 큰 소리를 치기도 했었다.

윤구가 군에서 돌아온 때도 마을은 아직 활기가 넘쳐있었다.

"어, 윤구! 제대해 왔구먼. 자네가 용띠던가? 이제 장가 들 나이도 됐네. 허! 세월 빠르구먼."

동네 어른들은 볼 때마다 이렇게 물으며 은근히 장가들기를 종용했다. 윤구도 싫지는 않았다. 그 해, 중매로 삼십여 리 떨어진 용성리에 사는, 두 살 아래의 얌전한 색시에게 장가를 들었다. 이듬해 아들도 낳았고 모두 부러워할 정도로 알콩달콩 재미있게 살았다. 이런 윤구와는 달리, 마을의 젊은 사람들은 그 무렵 산업화가 진행되는 도시로 네 집 내 집 가릴 것 없이 떠나가기 시작했다.

80년대로 접어들자 가족이 통째로 이사를 가기 시작했다. 마을 인구는 점점 줄어들었다. 대신 먼지를 풍기며 지나다니는 차들은 자꾸 늘어났다.

그러던 어느 날 집채만 한 굴삭기를 앞세운 중장비들이 들어와 굽은 길을 펴기 위해 산을 파 헤집고 메우고 다진 다음, 김이 모락모락 나는 아스콘을 깔았다. 까맣게 윤기 흐르는 아스팔트길이 완성된 것이다. 길 한가운데로 황색선이 그어지니까, 산천의 모습은 이쪽저쪽 완전히 갈라져 버렸다.

차들은 푹 낮추어진 고갯마루까지 서너 번 휘어진 길을 빠르고 쉽게 넘어갔다. 몇 해 뒤엔 그 길이 또 다시 파헤쳐졌다. 고개는 더 낮아지고 유선형 활대모양으로 이어졌다. 차들은 더 빠르게 달렸다. 잘 닦인 아스팔트길을 타고, 산 좋고, 물 좋고, 풍광 좋은 시골로 도시인들이 몰려왔다. 인근 강과 계곡에는 민박집이며 팬션형 별장들이 자고나면 늘어나고 있었다. 산 아래 마을들도 도시를 닮아갔다. 이, 삼층 건물들이 도로 양 옆에 연이어 들어섰다.

3

산꼭대기 솔치마을은 사정이 달랐다. 사람들이 상당수 떠나 버린 마을은 두 번의 길공사로 예전의 모습은 사실상 사라져 버렸다. 남아 있던 몇 집도 땅이 길로 흡수되면서 보상을 받고 바로 떠났다. 그러자 이곳엔 딱 세 집만 남아서 셋집담이 되었다.

주막집을 하던 꼭대기 집 광식네, 바로 아랫집 원철이네, 길 건너 윤구네만 남았다. 나이로 따지면 윤구가 막내이고 원철과 두 살 터울이다. 광식은 원철보다 세살 위니까 제일 큰형인 셈이다. 셋은 어려서부터 유별나게 친해 틈만 나면 함께 어울려 다녔다 친 형제보다도 더 가깝게 지냈다. 또 이들은 마을에서 가장 농토가 많았다. 게다가 셋 다 장남이고, 가업을 이어 받았다. 그래서 그런지 형제들도 모두 떠났지만 세 사람은 그런 맘을 한 번도 먹어 본 적이 없다. 이곳에서 살다 뼈를 묻는 것이 행복이라고 믿고 있었다.

하지만 현실은 그렇지 않았고 세상은 빠르게 변했다. 자신도 모르게 이들도 그 속에 편입된 것이다. 무엇보다 이들이 황당한 것은 자신들 집의 정경이 너무 변했다는 것이다. 새로운 길이 만들어지자 길과 붙어있던 주막집이 오히려 길과는 아주

멀어져 버렸다. 원철이네 집은 길이 높아지고 넓어지면서 길 밑으로 푹 꺼져 버렸다. 길과 멀리 떨어져 있던 윤구네 집은 길 윗집이 되어 있었다.

넓은 새 길이 세 집을 볼품없이 만들어놓고 갈라놓았다. 옛 마을의 모습은 모두 지워져 버렸다. 단지 세 사내만 옛사람으로 남겨졌다. 이들은 서로를 지키고 과거를 간직하려고 해를 거듭할수록 밀착되어갔다. 시간만 나면 함께 소주를 마셨다. 부엌에는 개다리소반이 아직도 여러 개 남아 있는 옛 주막집, 광식이네 집에 주로 모였다. 추우면 방에서도 먹고, 일하고 난 직후면 마당에서건, 마루에서건 가리지 않았다. 부엌에서 군불을 때면서도 마셨다. 그들이 마주보며 술잔을 건넬 땐 반드시 사라진 마을이 나타나서 모두 그곳으로 함께 들어갔다. 술은 정말 신비로웠다.

포장도로 덕에 시내버스가 다녔다. 여인네들이 수시로 원주시까지 저자를 보러 다녀서 수입은 더 쏠쏠해졌다. 술은 저자 보러 다니는 마누라들이 남편들을 위한답시고 주로 조달해 오지만, 사내들도 어쩌다 장에라도 나올 때면 너나 할 것 없이 됫들이 소주 몇 병씩은 반드시 챙겨온다.

광식이네 큰딸이 중학교를 졸업하고 진학을 못한 채 쉬다가 도시로 나가버렸고, 몇 해 뒤 고등학교를 졸업한 아들도 따라갔다. 마찬가지로 원철이네 큰아들과 딸, 윤구네 외아들도 고등학교만 마치고 모두 도시로 떠나가 버렸다. 여인네들은 원주 시내 저자 보는 재미에 빠져 살지만 사내들이 문제였다. 술 마실 거리 하나가 더 생겼다. 자식들이 보고 싶으면 술로 풀었다.

해를 거듭할수록 늘어가는 술 탓인지, 그들의 몸은 이삼십 년은 더 빨리 늙어버렸다. 아직 힘깨나 쓸 장정들이 노인들처럼 비척거렸다. 저자 보러 다니는 마누라들은 도시인들과 접해서 그런지 갈수록 똑똑해졌다. 당장 도시로 보내도 그들과 잘 어울려 살아 갈 수 있을 정도다. 하지만 사내들은 바깥세상이 얼마나 변했는지 제대로 알지도 못하고 알고 싶어 하지도 않았다. 그럴수록 현실세상에서 보면 바보가 될 수밖에 없지만 이들은 전혀 관심이 없었다.

여인네들은 새록새록 도시의 꿈을 키우고 있었다. 속마음은 땅값이 오르길 기다리는 것이다. 아랫마을이 변하면서 부동산 가격이 오르는 걸 여인네들은 빤히 알고 있었고 때를 기다리느라 더욱 일에 몰두했다. 가끔 여인네들은 땅값이 얼마나 올랐을까 하면서 계산을 때려보지만 사내들은 무관심이었다. 선뜻 팔고 도시로 떠나갈 그런 위인들이 못되었다. 워낙 산중에서 오래 산 이들은 모든 게 변한 아랫마을의 주민과도 서로 다른 종류가 되어 있었다. 아직 산이 그대로 있고, 세 사람은 그곳에서 서로 의지하며 그들의 마을을 꾸려가고 있었다.

4

한 잎 두 잎 떨어지던 나뭇잎이 바람이 불자 우수수 쏟아져 날렸다. 고갯마루 바로 밑이라 건너편 윤구네나 저 아래 원철네보다 해가 더 먼저 꼴까닥 넘어가 버렸다. 광식은 불을 지피러 부엌으로 들어갔다. 잠시 후 아궁이의 불이 활활 타올랐다.

'해가 많이 짧아졌어. 막차가 올 때가 되었지' 혼자 중얼거리면서 부엌문을 나와 건너편 아스팔트길을 바라다보았다. 산그림자가 윤구네 집도 삼켜버렸다. 차들이 씽씽 지나갔다. 언제나 이 시간이면 조바심이 일었다. 막차엔 아내가 타고 있어 도로로 눈길이 가지 않을래야 가지 않을 수가 없었다. 다시 아궁이로 돌아와 부지깽이로 타다 남은 나무를 밀어 넣고 장작두어 개를 더 집어넣었다. 후두득 소리를 내며 새로 들어 온 장작을 불길이 감싸 안았다. 그 열기에 얼굴이 후끈 뜨거워져 고개를 들어 옆을 바라보았다. 개다리소반 위엔 대가리만 남은 동태찌개와 김치가 달랑 놓여있고, 먹다 남은 됫들이 소주병엔 제법 소주가 남아있었다. 대접에 몽땅 부었다. 양념찌꺼기가 묻어있는 수저 셋을 힐끔 내려다보곤 꿀꺽 단숨에 입속으로 털어 넣어버렸다. 써늘하게 식은 무 조각을 냄비에서 건져 입 속에 넣곤 얼른 부엌을 나왔다. 마루에 앉았다. 막차가 오길 기다리며 눈이 빠지게 아스팔트를 바라보았다.

그날 밤 이부자리에 들기 전 아내는 남편이 들으라는 건지 제법 큰 소리로 중얼거렸다.

"큰일 났네. 내년에 이 산 밑으로 굴을 뚫기 시작한대요. 그러면 여기 땅금이 뚝 떨어진다고 하더라구요. 얼마를 받던 빨리 팔으야겠어."

이튿날, 광식댁은 아침 밥상을 물리고는 평소 잘 쓰지도 않던 전화기에 바짝 다가앉아 수화기를 귀에 대곤 번호를 꾹꾹 눌렀다.

"김 사장님이세요? 여기는 솔치 셋집담이에요. 옛날 주막집 그 집이구요. 얼마 전에 이곳에 들렀었지요. 주고 가신 명함을 보고 전화하는 거에요. 우리 전답과 집터까지 다 내놓을 테니깐 속히 좀 팔았으면 해서요어."

5

이내 겨울이 닥쳤다. 간밤에 첫 눈이 살짝 내렸다. 일찍 일어난 광식은 군불부터 지피고 빗자루를 들었다. 혹시나 아내가 미끄러워 넘어지기라도 할까 봐 큰길까지 정성껏 쓸었다. 다 쓸고 돌아와 아내가 깨지 않도록 조심조심 문고리를 잡아당길 때, 전화벨이 요란하게 울렸다. 수화기를 든 아내는 조금 뒤 갑자기 목소리가 밝아졌다.

"아, 예. 아, 예. 그래요. 일시불이라구요. 우리 바깥양반 인감이요."

아내는 수화기를 들고 잠시 머뭇거렸다.

"우리가 차가 없어서……"

이내 저편에서 걱정하지 말라는 듯한 대답을 들은 모양이다.

"아, 예. 기다리고 있을 게요? 예, 예."

수화기를 내려놓자마자 아내가 서둘렀다.

"여보! 세수하고 옷 갈아입고 인감 떼러 면사무소에 가야 해요. 빨리 준비해요."

아침은 있는 반찬에 대충 때우고, 아내는 들락날락 거리더니 빠르게 화장을 시작했다. 얼마 뒤, 까만 지프차가 경운기 길로 쓰는 옛길을 따라 들어와 마당 앞에 닿았다.

팔고 싶은 마음은 전혀 없었지만 아내의 명령을 거부할 수 없었다. 저자를 보면서 셋집담 여인네들은 가정경제를 책임

지고 있었고, 사내들이라고 해봤자 일만 했지 세상 돌아가는
건 아무것도 몰랐다. 철부지 같은 남편들과 살면서 엄마 역할
은 당연지사였다. 자연스레 모든 결정권은 여인네들의 몫이 되
어 있었다. 광식댁은 남편에겐 일언반구 상의도 없이 일사천리
로 밀고 나갔다. 옆에서 뻘쭘하게 서있는 광식에게 아내는 언
제 입었었는지 기억조차 까마득한 낡은 회색 양복과 갈색 도꼬
리를 꺼내 건네주었다. 그는 마지못해 느릿느릿 옷을 갈아입고
있었다.

"여보! 인감도장 어딨어요?"

오늘따라 유별나게 째랑째랑한 아내의 목소리가 몇 번 더
울렸지만, 광식은 눈만 껌벅거리고 있었다. 속이 답답해 성질
이 치밀어 오른 아내는 빽 하고 소리를 질렀다.

"도장 어딨어."

마당에서 서성이던 김 사장이 그 소리를 듣고는 안쪽에다
대놓고 소리를 쳤다.

"도장은 면사무소 앞에 가서 파면되니깐 걱정하지 말고 그
만 갑시다."

손에 잡혀 끌려 나온 광식을 지프차 뒷좌석에 밀어 넣고 아
내는 김 사장 옆자리에 올라탔다.

"부탁한 거 잊지 않았지요? 봄까지는 여기서 살도록 해주는

거에요. 그래야 시내에 집도 마련할 수 있으니깐……. 꼭 그렇
게 해주셔야 해요."

"걱정하지 말아요. 매수인들도 바로는 못 내려와요. 그리고
이 집에서 살 수도 없고…… 한 일 년쯤은 살아도 될 겁니다.
여하튼 걱정하지 말아요."

4층 대리석건물, 1층에 법무사 사무실이 있었다. 김 사장이
어깨를 으쓱하며 검은색으로 썬팅한 유리문을 당당하고 능숙
하게 밀고 들어갔다. 광식은 어깨를 움츠리고 눈을 내리깔고는
아내의 꽁무니에 바짝 붙어 딸려 들어갔다. 사무실 안쪽 원탁
테이블에 오십 대 중반의 금테안경을 낀 남자가 이쪽을 바라
보고 앉아있었다. 회색 양복에 하얀 와이셔츠를 받쳐 입고 보
라색 넥타이를 매고 있었고, 선명하게 가르마를 타서 머리카락
한 올 흐트러짐 없이 빗어 넘긴 이마가 넓고 시원했다. 형광등
처럼 희고 맑은 얼굴에서 빛이 났다. 도시냄새가 물씬 나고, 세
련된 모습이었다.

광식은 저항은 꿈도 못 꾸고 서류에 이름을 쓰라는 대로 더
듬거리며 간신히 썼다. 도장은 법무사가 이리저리 찍어댔다.
이야기는 아내가 맡아서 하고 광식은 눈만 껌벅거렸다.

이튿날, 아내들이 저자 보러 가고 원철과 윤구가 광식이네

부엌에서 술잔을 부딪치고 있었다. 평소보다 광식은 말도 없이 술만 꿀꺽꿀꺽 마셨다. 장작을 두어 개 더 아궁이에 집어넣곤 숫제 머리를 떨구고 있었다. 눈도 반 이상 감겨져 있었다. 힘이라고는 하나도 없는 사람처럼 보였다. 보다 못한 원철이가 넌지시 말을 건넸다.

"요 근래 지프차며 사람들이 들락거리던데…… 무슨 일이 있었는가벼."

"형! 그렇지이? 애꿎은 아궁이만 쑤시지 말구……"

세 살 아래인 원철이는 어렸을 땐, 형 형 노래를 부르며 쫓아다녔었는데, 언제부턴가 그 소리가 쑥 들어가 버렸었다. 정말 오랜만에 형이라 불렀다. 심각하게 가라앉아 어색하고 답답해진 분위기를 깨려는 것이었지만, 어린 시절로 돌아간 것 같아 기분이 좋았다. 광식이도 그 말에 정신이 조금 돌아왔는지 부지깽이 끝에 붙은 불을 바닥에 탁탁 두드려 끄고는 의자로 쓰는 나무그루터기 토막을 약간 앞으로 끌어당기고 술잔을 들었다.

"증말 무언 일이 있는 긴가? 안색도 안 좋구먼."

원철이가 한마디 덧붙였다. 워낙 말수가 적은 광식이라 한잔을 더 마시고 나서야 입을 떼었다.

"땅을 죄다……"

말을 멈추고 길게 한숨을 내시곤 술잔을 들어 입술을 축였
다.

"팔았으어."

한참을 모두가 벙어리처럼 앉아 있었다. 침묵을 깨고 광식
이가 힘없이 입을 열었다.

"마누라가 어찌나 떼를……"

말을 잇지 못하고 머리를 깊숙이 떨구었다.

눈이 온 뒤끝이라 그런지 제법 바람이 불었다. 낡은 널빤지
부엌문이 힘에 겨운 듯 비명을 질렀다. 저음 고음이 뒤섞여 찌
이이익 삐거덕거리다 가끔씩 푸르르 떨었다. 그 소리들이 지금
은 침묵 속을 파고들어 크게 들렸다.

"형! 바람이 꽤나 분다아."

원철이가 어색한 분위기를 털려고 멋쩍게 내뱉은 말이다.
그리고 태연해 보이려고 살짝 웃음까지 지었지만, 눈꺼풀에 힘
만 들어가고 눈꼬리만 가늘게 떨려서 선웃음이 되고 말았다.
대답대신 광식은 부지깽이를 들었다. 타닥타닥 소리를 내며 타
고 있는 장작불을 괜히 쑤석거렸다. 이 마을에서 태어나 함께
살아온 이들이 이런 어색한 침묵에 휩싸인 건 처음이라 벗어날
방법을 모르고 술맛조차 잊은 채 그저 삼키기만 했다. 이렇게
모이면 가장 말이 많던 윤구가 무척 충격을 받았는지 술만 들

이켜고 한숨을 여러 번 내뱉었다. 이렇지만 않았으면 이 중에 막내인 윤구가 얘기를 주도하고 있었을 때이다. 얘기라고 해야 똑같은 내용을 수도 없이 반복하고 듣고 장단 맞추고 했던 것들이다. 어렸을 때, 광식이형 나무하는 곳에 따라갔다가 배가 고파 쩔쩔 매면 소나무 꼭대기, 송기를 낫으로 잘라 겉껍질을 벗겨 내고 어린 윤구를 먼저 주고 다음은 원철이를 주었다. 송기 속껍질을 이빨로 벗겨 꼭꼭 씹고 송기대에 단물을 쪽쪽 빨아 먹을 때면 광식이 형이 세상에서 제일 멋지고 의젓하고 믿음직스러웠다. 그 당시의 모습들이 아궁이 쪽으로 머리를 틀어박고 앉아있는 광식이 형의 모습과 교차되었다. 느닷없이 침묵을 깨고 윤구가 광식을 불렀다.

"광식이 형!"

"으응!"

"그때 송구가 증말 맛있었어."

이미 아는 내용이라 광식은 씨익 웃었다. 웃음이 평소보다 너무 맥이 빠져 잠시 또 침묵에 잠겼다. 원철이가 나섰다.

"송구 말구도 칡뿌리에 다래며 머루, 어름, 잣, 밤, 깨금, 찔래, 뱀딸기, 나무딸기, 멍석딸기, 마, 잔데도 캐주고, 방아개비, 개구리, 뱀은 잡아서 구워주구, 가재도 대가리 떼고 구워주구, 벼라 별걸 죄다 우릴 멕였지이. 참! 감자사쿠 기억나제."

세 사람은 숲 속을 내달리던 자신들의 모습을 찾아 저마다 눈길은 벽을 뚫고 아련한 옛날로 돌아갔다. 광식은 아직 어린 원철이, 윤구를 달고 산 밑 큰 개울로 내려갔다. 셋은 깎아지른 바위 절벽 밑, 넓다란 너럭바위로 갔다. 헝겊 천으로 기워 만든 허리띠를 풀고 옷을 벗어 나란히 놓고는 돌로 눌러 놓았다. 옷이라야 낡은 런닝구와 아버지가 입던 옷으로 만들어준 반바지가 전부였다. 윤구는 어리다고 그나마 팬티도 입지 않았다. 광식이 먼저 멋지게 다이빙을 해서 물속으로 머리를 쑤셔 박았다. 원철은 코를 쥐고 풍덩 물속으로 몸을 던졌다. 여덟 살배기 윤구는 푸른 기가 도는 깊은 물은 엄두도 못 내고 얕은 물에 엎드려 발로 물장구를 쳤다. 하얀 물방울이 온몸으로 튀어 올랐다. 다리가 지칠 때쯤 몸이 덜렁 들려져 광식이 형 품안에 안겨 깊은 물로 들어갔다. 광식 형이 배를 두 손으로 받치고 있었지만 두려웠다. 그때 부드럽지만 강한 광식 형의 목소리가 들렸다.

"아까처럼 발로 물장구를 쳐! 손은 앞으로 쭉 펴고 나가 봐!"

거역할 수가 없었다. 열심히 물장구를 쳤다. 몸이 앞으로 나가는 듯 하다가 물속으로 쑥 가라 앉았다. 정신없이 팔다리를 흔들었다. 더 빨리 가라앉았다. 물속에서 무엇이 잡아당기는 것 같았다. 숨이 막혔다. 입과 코로 한꺼번에 많은 물이 쏟아져

들어왔다. 캄캄하다. 힘이 쑥 빠졌다. 갑자기 시원한 바람소리
가 들리고 세상이 환해졌다. 광식 형 품안에 다시 안겨 있었다.
물가로 나온 윤구에게 원철이 다가왔다. 눈물을 찔끔거려 아직
도 벌건 윤구의 눈을 싱긋싱긋 웃으며 바라보았다.

"나두 처음엔 너처럼 물 많이 먹었어. 걱정마! 잘 될 거니
까."

얘기가 끝나자 윤구 보라는 듯이 팔다리를 오므렸다 폈다
하면서 개구리모양 헤엄을 쳤다. 원철이 저만큼 사라지자 윤구
도 얕은 물에서 개구리처럼 팔다리를 허부적거려 보았다. 약간
앞으로 나가는 것 같았다.

해가 머리 꼭대기에서 햇살을 내리 쏘고 있었다. 윤구는 배
가 고팠다. 너럭바위로 올라갔다. 건너편에서 물싸움을 하는
두 형을 소리쳐 불렀다. 무슨 소린지 못 알아들은 형들에게 이
리 오라고 손짓을 했다. 광식이 형이 잽싸게 건너왔다.

"왜."

"배고파! 해 좀 봐! 벌써 저기까지 왔잖어."

"응! 그러네. 나두 배고퍼. 그렇지. 옷 입구 따라와아."

아랫마을로 가려면 산모퉁이를 한 번 더 돌아야 한다. 셋은
다람쥐처럼 빠르게 마을로 향해 걸었다. 멀찌감치 마을이 보
이고 바로 앞엔 넓은 밭이다. 보리가 누렇게 익었다. 저 끝에서

서너 명이 보리를 베고 있다. 옆에는 짓푸른 감자밭이다. 광식이 형이 노린 것은 감자였다.

"저기 개울 옆에 버드나무들 보이지. 둘이 거기 숨어 있어. 내가 감자를 캐올 테니까 꼼짝 말고 있어."

광식은 풀숲을 헤치고 밭둑으로 다가갔다. 밭둑에 도착해서 납쭉 엎드려 기어갔다. 감자밭 고랑에 들어가 줄기는 그대로 두고 뿌리 쪽 흙을 팠다. 토실토실 영근 감자를 손으로 캐서 이랑에 모아놓고 포기를 반듯하게 세우고 뿌리에 흙을 다시 덮었다. 감쪽같았다. 한군데서 캐지 않고 듬성듬성 캤다. 다섯 포기를 캐니 충분해 보였다. 나오면서 런닝구 한쪽을 묶고 감자를 담았다. 제법 묵직했다. 올 때보다 더 납쭉 엎드려 기었다. 맨살에 작은 돌들이 쓸려 아팠지만 꾹 참았다.

셋은 너럭바위로 돌아왔다. 아랫마을 사람들은 여기까지는 잘 오지 않아 더 이상 이동할 필요가 없었다. 광식이 형 명령에 모두 나무를 주우러 갔다. 올 땐 광식 형 손에 작은 사기종지가 들려 있었다. 그전에 절벽 밑 바위 틈 안전한 곳에 숨겨 두었던 소금이다.

광식이 형은 깨끗한 모래사장을 택했다. 우선 물가 옆에 손으로 구덩이를 팠다. 금세 물이 고였다.

"흙이 가라앉으면 이 물을 먹자! 으응! 알았제."

좀 더 높은 곳에 또 구덩이를 팠다.

"나무 이리루 갖구와."

구덩이 속에는 불쏘시개와 잔가지를 넣고 위에는 굵은 나무를 뗏목 깔듯이 걸쳤다.

"자갈 주워 오자."

계란만한 자갈을 나무 위에 둥그렇게 쌓아올리고 주머니에서 찌그러진 성냥갑을 꺼냈다.

"어! 성냥개비가 세 개밖에 없네. 단박에 붙여야겠어."

광식 형은 성냥개비를 갑에 그어 불이 일자 얼른 마른 불쏘시개에 댔다. 불이 타는가 싶더니 스르륵 꺼져버렸다. 광식 형이 바짝 마른 솔잎을 모아 한 움큼 들고 왔다. 소복이 쌓은 후 성냥을 그었다. 피시식 연기만 나고 화약만 타버렸다. 마지막 남은 한 개비에 모두 극도로 긴장했다. 광식 형이 숨을 크게 들이마시곤 탁하고 그었다. 불이 확 일었다. 조심해서 불쏘시개에 대었다. 사르륵 불이 붙고, 이내 활활 타기 시작했다. 자갈이 달구어지기 까진 꽤나 시간이 걸린다. 땀도 식힐 겸 모두 물속으로 들어갔다. 불이 사그라지면서 자갈은 바짝 달구어졌다. 광식 형은 굵은 막대기로 자갈들을 헤집어 둥근 구덩이를 만들었다. 감자를 모두 집어넣고 다시 자갈로 덮었다. 그 위에 모래를 두툼하게 덮었다.

"자기 고무신에 물 떠와! 어서."

막대기로 모래집에 구멍을 만들고 물을 부었다. 뜨거운 김이 올라왔다. 얼른 모래로 구멍을 막았다. 몇 군데 더 물을 붓고 모래를 더 얹었다.

"이제 한참 놀다 와서 먹자."

땀으로 범벅이 된 광식이 형은 신나게 달려 물속으로 풍덩 들어갔다. 얼마를 놀았을까 광식 형이 모두를 불렀다. 모래집을 조심조심 파헤쳤다. 아직도 김이 나는 감자를 까서 작은 나뭇가지에 꽂아 윤구에게 주었다. 윤구는 호호 불면서 정신없이 먹었다. 이 세상 그 어떤 것보다 맛있었다. 원철은 고무신에 감자를 담아 쉴 새 없이 까서 먹었다. 셋이서 한 알 남기지 않고 모조리 먹어 치웠다. 윤구는 태어나서 처음 삼굿으로 찐 감자를 먹어 보았다. 셋은 배가 든든해지자 입술이 파래질 때까지 놀았고, 집으로 돌아오는 길에 뻐꾸기 소리가 들렸다. 엄마 목소리처럼 크게 들렸다.

6

며칠째 겨울치곤 제법 따뜻한 햇살이 양지쪽의 눈을 거의 녹여가고 있었다. 이 기회를 놓치지 않고 셋집담 여인들은 연일 저자를 보러 다녔다. 이들은 버스가 오기 전에 미리 보따리를 아스팔트길까지 갖다 놓기 위해 늘상 이삼십 분 일찍 집을 나선다. 광식댁도 커다란 보따리를 머리에 들처 이고 부지런히 걸어갔다. 먼저 와 있던 윤구댁, 원철댁도 반색을 하며 보따리 내리는 걸 거들었다. 보따리는 길옆에 가지런히 놓여졌다. 세 여인은 몇 년 만에 만나기나 한 듯 정신없이 수다를 떨었다. 버스 도착까지 주어진 수다의 시간을 조금도 허비하지 않았다.

"버스 도착할 때가 다 됐는데……"

윤구댁의 한 마디에 모두가 아래쪽 산모퉁이를 바라보았다. 버스가 모퉁이를 돌아 금세라도 나타날 것 같은 심정에 일순 수다가 멈추어졌다. 아직 버스는 나타나지 않았다. 잠시의 침묵을 깨고 윤구댁이 잊어버린 기억이라도 찾은 듯 눈을 번쩍 올려뜨고 광식댁을 바라보며 입을 열었다.

"참! 성님 땅 파셨다면서요. 죄다 팔았어요?"

"응! 잔금도 다 받았고, 시내에 쬐끄만 아파트도 계약했어."

"그럼, 금방 이사 가겠네요."

"글쎄, 우리 그이가 시내로 이사 가는 걸 너무나 싫어해서…… 땅 산 분이 당장 농사지으러 내려올 거 같지는 않아. 한 일 년 더 농사를 지을 거 같아. 몇 년 더 지으라고 하면, 아파트는 세를 놓을까도 생각 중이야."

"성님은 좋겠네. 저 남정네들은 여기가 뭐가 좋다고 셋이 붙어서 틈만 나면 술타령인지. 성님! 우리 땅도 좀 팔아줘요."

옆에서 듣고 있던 원철댁도 나서서 거들었다.

"언니! 우리 땅도 팔아 줘요."

"응! 알았어. 부동산에 얘기하면 되지 뭐."

버스가 모퉁이로 머리를 내미는가 싶더니 순식간에 이들 앞에 멈추어 섰다. 뒷문이 열렸다. 앞문으로 타는 것이 원칙이나, 커다란 저자보따리를 보고 친절하게도 싣기 편한 뒷문을 열어 준 것이다. 버스기사도 단골손님인 이들을 잘 안다. 남정네들이 빨리 늙어 그렇지, 이들은 사십 대 초중반의 풋풋한 여인들이다. 오히려 도시인들 보다 훨씬 건강하다. 살이 찌지도 않았고, 맥없이 가냘픈 허리도 아니다. 무거운 짐을 번쩍 들어 올린다. 무척 탄력 있고 힘도 세다. 지친 남정네들이 오히려 의지하고 싶어질 여인들이다.

버스 안에는 몇 사람 없었다. 솔치를 넘어가면 제법 많은 사람들이 탄다. 그때까진 한갓지다.

"젊은 아줌씨들! 애인 만나러들 가우."

피부가 유별나게 희여멀건 김 기사의 목소리가 쩌렁쩌렁해서 중간쯤 앉아있는 여인네들 귀에 또렷하게 전달되었다. 저자 보러 가는 줄 뻔히 알면서 눙치며 하는 소리다. 여인네들도 듣기 싫은 눈치는 아니다. 셋 가운데 제일 끼가 많은 원철댁이 날름 받았다.

"애인이 어디 있어여? 있어야 만나지요."

백미러로 원철댁을 확인하고 야릇한 미소를 날렸다. 가늘게 찢어진 눈이 초승달처럼 휘고, 어깨가 살랑거리고 코가 벌름거리는 모습이 백미러에 비쳤지만, 누구에게도 발견되지 않았고, 이곳저곳에서 킥킥거리는 얕은 웃음소리가 버스 안에 퍼져 있었다.

"여태 뭘 했수? 애인도 하나 없이…… 요즘 아줌마들 애인 한 둘은 기본이라던데……"

"재주가 없으니 그렇지요."

듣고 있던 윤구댁이 약간 민망했던지 끼어들었다.

"언니! 그만 하지. 농담이 진담 되겠어."

"그냥 재미있자고 하는 얘기지 뭐. 진담은 무슨……"

이미 여러 번 했을 수도 있는 이런 얘기들은 단골기사, 단골손님끼리 한적한 시골버스 안에서 그저 이물 없이 지껄이는 시간 때우기용 수다거리이다. 김 기사가 이네들과 비슷한 연령대인 사십 대 중반이라 서로 편하게 여긴 면도 있고, 보따리를 운반해주는 중요한 역할도 있고 해서, 진하다면 진한 농담도 잘 받아줄 수밖에 없다. 그중에 원철댁이 유별나게 나서는 것도 사실이다.

이런 저런 얘기를 나누는 중에 버스는 고개를 내려왔다. 많은 사람들이 올라타고서야 수다는 끝이 나고 김 기사도 자신의 본래 임무인 운전에 전념했다.

7

양력설이 지난 지도 열흘을 넘기고 있었다. 그동안 볼때기가 얼어 터질 정도로 몹시 추웠다. 오늘은 추위는 좀 가셨지만, 아침부터 구름이 잔뜩 낀 꾸무르한 날씨라 당장이라도 눈이 쏟아질 것 같았다.

여인네들은 오늘도 저자 보러 가고 없는 셋집담엔 길 건너 윤구네, 아래쪽 원철이네 굴뚝에서 먼저 연기가 올라오고 있었다. 불을 다 지폈다는 의미고, 곧 이리로 온다는 신호이다. 광식은 벽에 붙여 쌓아둔 장작더미를 얼른 한 아름 안고 부엌으로 들어갔다.

광식이네 굴뚝에서도 흰 연기가 꾸역꾸역 피어올랐다. 봉화 연기이기나 한 듯, 두 사람이 함께 들어왔다. 윤구는 한 손에 냄비, 다른 손엔 됫병 소주를 들고 서있고, 원철은 제 집처럼 소반을 편 후, 찬장에서 수저와 대접을 꺼내 놓았다. 장작 몇 개를 더 넣은 광식이가 자리를 잡자, 윤구가 대접에 술을 채웠다. 두어 모금씩 맛있게 들이켰다. 그제서야 윤구가 냄비 뚜껑을 열었다. 고등어 찌개였다. 고등어를 무척 좋아하는 광식이가 얼른 젓가락을 들었다. 이내 몇 번씩들 대접의 술을 들어 마시고, 술병에 술이 반 이상 줄어들 때쯤, 장작불이 제대로 활활 타올랐다. 따듯하다. 술기운이 올라 더욱 따듯하다.

"날씨가 푸근한 게…… 흐음……, 눈이 올 거 같지."

윤구는 혼자 지껄여 놓고는 혹시 지금 눈이 내리는 건 아닌지 고개를 획 돌렸다. 부엌문은 반쯤 열린 채였는데 길쭘한 직사각형 화면에선, 정말이지 눈이 조금씩 흩날리고 있었다.

어제 한 얘기, 오늘 또 하고, 오늘 한 얘기, 내일 또 할 거지만, 새로운 듯이 말하고 듣는다. 그런데 웬일인지 원철이가 입을 꾹 다물고 말이 없다. 벌써 잔은 비었고 윤구가 채워주었다.

"형! 무신 일이 있수? 한 마디도 안 하고."

대답 대신 원철은 대접을 들어 술을 빨아 당기듯이 들이켰다. 광식이도 걱정스럽다는 듯이 슬쩍 말을 건넸다.

"너무 급하게 생키는구먼. 정말 무신 일이 있는 겐가."

원철은 더부룩한 턱수염을 쥐어뜯다 주무르기를 반복하며 눈을 껌벅거렸다. 입이 마르는지 술로 입술을 축이고, 한숨을 푹 쉬었다.

"우리 땅도 팔렸어. 계약해 버렸지."

어제 술을 마신 원철이 집에 들어 가 자고 있던 저녁 무렵이었다. 김 사장이 아내와 함께 땅 살 사람 내외를 싣고 집으로 찾아왔다. 마누라의 닦달에 그 자리에서 계약을 할 수밖에 없었다. 그 사람들이 돌아간 후, 술을 무슨 원수 보듯이 하던 아내가 선심이라도 쓰듯, 술상을 직접 봐 왔다. 마누라는 입에 대지도 않던 술을 석 잔씩이나 마시고, 여길 떠나선 살 자신이 없는 원철과는 반대로 도시에 나가 살 생각에 밤새 들떠 있었다는 것이다.

"형들 모두 나가면 나 혼자 워떠케 살어."

윤구는 갑자기 워떠케 살어를 반복하며 술을 벌컥벌컥 들이켰다. 징징거리는 모습이 꼭 어린애가 된 거 같았다. 원철은 윤구 잔에 남은 술까지 합쳐 마지막 한 방울까지 털어 마셨다.

"윤구야! 나두 마누라 등쌀에 팔긴 했어두, 증말이지 도시에 나가 살 자신이 읎어. 농사짓는 거나, 산에 올라가 뭐 해오라는 건 자신 있어. 지난 해 밤버섯, 능이버섯두 얼마나 많이 따 왔어. 마누라가 팔러 다니느라 바빴잖어. 그 덕에 괴기 안주두 많이 먹었잖어. 도시는 얼매나 답답해. 길 찾기도 어렵고 사람들도 너무 많어. 무섭구. 그런데 마누라들은 아녀. 저자 다니면서 정이 들었는지 도시가 좋대. 무신 짓을 해서라도 먹여 살릴 테니 나가자는 기야."

그래놓고 '그래도 싫어, 싫어'를 연발하던 원철이 뒤로 벌러
덩 자빠졌다. 광식이가 부축해 일으켜 앉혔다. 술들이 너무 취
했다. 그리곤 애들처럼 서로 징징거렸다.

"우리는…… 우리는…… 너, 너, 무…… 늙어…… 으…… 버
렸어."

혀가 살짝 꼬부라진 윤구가 더듬더듬 지껄인 소리지만, 술
이 덜 취한 광식은 알아들었다. 그려, 맞아, 하는 뜻으로 고개
를 끄덕였지만, 윤구는 알아채지 못하고 같은 소리를 계속 중
얼거렸다. 광식은 다시 둘을 바라보았다. 왠지 아버지들보다
도 더 늙어 보였고, 쓸쓸하고 슬퍼보였다.

"광식아! 힘없어 일 못할 때쯤이면, 가야 해."

광식은 돌아가시기 얼마 전에 자신을 붙들고 하시던 아버지
말씀이 왜 지금 떠오르는지 모르겠다.

"아부지! 무신 말씀을…… 후딱 털고 일어 나서야지요."

"입 하나 덜어주는 것이 얼마냐? 갈 때 되면 어여 가야해. 아
들아! 고맙다."

아버지는 며느리 손을 잡고도 고맙다는 말을 여러 번 반복
했다. 의식이 있는 동안은 아무리 아파도 미소를 잃지 않았다.

아버지 돌아가시고 삼 년이 채 못 되어 어머니도 돌아가셨다. 마찬가지로 자식 걱정이 먼저였고 미소를 머금은 듯한 모습으로 숨을 거두었다. 환갑도 못 지내고 두 분 다 가셨지만, 불행한 모습은 아니었다.

"윤구가 설을 쇠면 마흔 여덟, 원철이 쉰, 내가 쉰 셋, 그런데 우리 셋은 너무 늙어 버렸어. 곧 부모님 뒤를 따라 갈 것만 같아. 이래저래 마을은 없어지겠지. 몇 해 전 윤구 아들이 마지막으로 기숙사 딸린 고등학교로 간 뒤로는 이제 이 마을에 있는 자식새끼는 한 명도 읎어. 돌아와 살 자식도 읎어. 즈그들 엄마와는 내통이 있겠지만, 애비들은 일 년에 한두 번 볼까 말까, 자식들 얼굴마저 잊힐 듯 아물거렸지. 우리가 죽으면 이 마을도 끝이겠지."

광식은 눈물이 쏟아질 것 같아 질끈 눈을 감았다. 민들레 홀씨처럼 어디고 훌훌 떠났으면 더 잘 살았을까? 광식은 혼자 설레설레 머리를 흔들었다. 여길 떠나 살 자신이 없다. 목숨이 붙어 있는 날까지 그냥 여기서 살 걸 괜히 땅을 팔았다 싶어, 속상한 심정에 부지깽이로 아궁이를 푹푹 쑤셨다. 불길이 확 일었다. 얼굴이 후끈했다. 고개를 돌려 밖을 보았다. 눈발이 제법 세어져 있었다. 오늘 버스는 실어간 손님도 있고 하니 웬만하면 올 것이다. 헌데 밤에 눈이 많이 오고 아침에 꽁꽁 얼어붙으면, 제설작업도 늦어져 아침 첫차는 오지 않을 수 있다. 만에 하나 눈이 너무 많이 오면 오늘 차도 못 올 수 있다. 마누라가 와야 하는데 은근히 걱정이 된다. 원철과 윤구가 부쩍 취해서 한 소리 또 하고, 한 소리 또 하며 주절주절 지껄이고 있었다. 그래도 아까 보단 편해 보였다. 집에 술이 있지만, 광식은 그만 하기로 했다.

"오늘은 많이 취했어. 그만 허자."

"형! 술 더 없어?"

윤구의 혀 꼬부라진 소리가 반은 응석 부리듯 투정기 섞인 목소리다.

"으응. 눈이 많이 와. 밖을 봐. 더 쌓이기 전에 그만 일으나 자. 그러구 넘 취했어."

광식이가 둘을 부축해 일으켜서 마당으로 나왔다. 집으로 가는 두 사람이 부축한답시고, 함께 미끄러져 엉덩방아를 찧었다. 그러면서도 워낙 익숙한 길이라, 비틀거리면서도 그냥 저냥 잘들 가고 있었다. 광식은 혹시나 해서 한참을 지켜보았다. 어느 정도 안심이 되자 방으로 들어갔다. 털모자를 쓰고 목장갑을 끼고 부엌문 옆에 세워둔 싸리 빗자루를 들었다. 아내가 오는 길을 쓸기 시작했다. 눈은 그의 털모자와 어깨 위에 사르락사르락 내려앉았다.

8

설이 사흘 앞으로 다가왔다. 여자들은 설 대목을 봐서 번 돈으로 차례상에 올릴 제물을 며칠째 사 나르고 있었다. 그러다 보니 저자보따리가 여느 때보다 훨씬 크고 하나씩 더 있어 사내들을 대동하고 나타났다. 그런데 광식네가 좀 이상했다. 남편까지 끌고 나왔는데 정작 저자보따리가 없었다. 길바닥과 사람을 번갈아 쳐다보던 윤구댁이 참지 못하고 입을 열었다.

"성님! 대목 안 볼 거유."

"으응. 우리 저 이가 옆구리가 아프다고 밤새도록 끙끙 앓았잖으어. 병원부터 가볼랴구."

광식댁은 어지간히 시달렸는지 얼굴도 푸석푸석하고 목소리도 가라앉아 있었다. 옆에 꾸부정하게 서있는 광식도 병색이 완연했다. 병원 간다고 더부룩한 털들을 말끔히 밀어버려서 그런지 광대뼈가 유난히 도드라져 보였다.

"일 하고 힘들 때 한 잔씩 하면 얼마나 좋아. 자나 깨나 술만 퍼마시니 속이 견뎌 내겠어. 농사고 뭐고 날만 풀리면 당장 시내로 이사 가야지. 이 술병신들 셋은 서로 떨어져야 살어. 안 그러믄 죽어."

원철댁이 톡 끼어들었다.

"언니 말이 맞어. 설 지나면 잔금 준다니까…… 나도 준비 되는대로 바로 떠날 거야. 밑으로 굴이 뚫리면 거기루 시내버스가 다니구 이 길로는 안 다닌 대유. 여기서 이젠 못 살아요. 싸게라두 잘 팔았지."

"언니! 정말 시내버스도 안 다녀유?"

윤구댁은 두 살 터울인 원철댁을 가볍게 언니라고 불렀다. 성님이라는 호칭과 확연히 구분이 되어 모두에게 좋았다. 원철댁이 얼른 고개를 돌렸다.

"그럼. 김 기사에게서 직접 들은 얘기야. 틀림없대나 봐. 그 집두 어이 정리해. 싸더라도 어쩔 수 없잖어. 팔으야지."

"그려야겠네. 언니! 성님이 소개해준 김 사장에게 싸게라도 빨리 팔라구 재촉을 해야지."

"그럼. 여길랑은 김 사장이 제일 잘 아니깐이."

버스에 보따리를 실어 보내고 나니 원철, 윤구 둘만 남았다. 약속이나 한 듯 원철네 집으로 내려갔다. 방금 술 때문에 욕을 먹었지만, 한두 번 들은 소리도 아니고 개의치 않았다. 날씨가 춥다. 이럴수록 술은 더 당긴다. 따뜻한 방안에 간단히 술상을 차리고 몇 번 주고받자 온 몸에 술기운이 퍼지며 어느새 세상도 따뜻해져 있었다. 엄마 젖을 빨 때처럼 포근하고 아련한 행복이 밀려온다. 오늘은 한 자리가 비어서 조금은 허전하지만 한겨울 산이 술잔 속에 또 녹아들어 가고 있다.

9

셋집담에도 기름 냄새가 피어났다. 산짐승들의 잠을 깨울 지도 모를 구수한 냄새가 인근 사방으로 퍼져갔다. 내일이 설이다. 어쩌면 이곳에서 보낼 마지막 설이 될지도 모른다. 가지 못하게 붙잡을지도 모를 지신地神에게 푸짐한 음식으로 달랠 양인지 예년과 달리 여인네들이 아낌없이 돈을 썼다. 오전 내내 일 거든다고 집에 있던 윤구가 점심때쯤 집을 나섰다. 마을을 한 바퀴 돌아볼 참이다. 걸음을 옮길 때마다 아이들 떠드는 소리, 어떤 녀석은 울고 있고, 소리치는 엄마, 닭, 개소리, 곰방대에 매캐하면서도 구수한 연기를 날리고 지나가는 영감, 이집 저집 끊임없이 올라오는 꿀뚝연기, 지글지글 전 부치는 소리, 꿀꿀거리는 돼지, 되새김질하는 소, 가래떡을 입에 물고 냅다 뛰는 아이가 저 멀리 사라져 가면서 갑자기 죄다 사라졌다. 윤구는 엉겁결에 움켜잡아 보았다. 허공뿐이다. 눈을 힘껏 껌벅이고 손으로 비벼 보아도 아무 것도 없다. 휴우! 한숨을 쉬는데, 눈물이 찔끔 나온 거 같았다. 코를 휙 풀었다. 저 앞에 광식이네 집이 보인다. 조금 걸음을 빨리했다.

"형수!"

"종민이 아빠구먼. 추운데 어이 방으로 들어가. 우리 바깥양반도 방에 있어. 이내 상 봐서 들어 갈 테니까. 어이 들어가."

윤구는 반색을 하며 맞아 주는 것도 좋았지만, 하나뿐인 아들 종민이 이름을 정말 오랜만에 들어 더욱 기분이 좋았다. 아들 얼굴이 떠올랐다. 설 앞이라 그런지 더 아들이 보고 싶다. 마루로 올라가려고 신발을 벗으려는 윤구에게 형수가 들뜬 목소리로 말을 건넸다.

"종민이 있는 데가 울산이라고 했었지. 너무 멀어 올라나. 우리 큰딸 숙이가 철이에게 연락해서 함께 온다는구만. 좀 아까 전화가 왔드랬어. 서울에서 벌써 고속버스를 탔을 거야. 원주시에서 시내버스를 제때 만나야 빨리 올 텐데. 막차야 놓치지 않겠지. 여즉 어렵게 사는지 자가용도 못 사고. 부모라고 뭐하나 도와주지도 못했으나, 땅도 정리했고 아버지도 많이 아프니까 꼭들 내려오라고 했지."

마루로 올라서지 못하고 엉거주춤 서서 윤구도 한마디 내뱉었다.

"글쎄. 집사람 얘기룬 종민이두 온다고 했다는데."

밖에 떠드는 소리를 듣고 앉은 채로 광식이가 방문을 열었다. 볼이 홀쭉하니 몸이 안 좋아 보였다.

"어여 들어와."

윤구는 떡에 고기에 전에다 술까지 제법 취했지만, 바로 집으로 가지 않고 원철네 집으로 향했다. 해가 지고 나서야 집에 돌아온 윤구는 술에 흠뻑 취해 버린 뒤였다.

설날 아침 일찍 윤구가 먼저 일어났다. 방 한 칸만 쓰는 터라, 간 밤에 아들이 와서 자나 둘러보았다. 아내뿐이다. 혹시 오늘 올지도 몰라, 얼른 불을 지피고 마당도 쓸었다. 윤구가 밖에서 부지런을 떠는 동안 아내도 나왔다. 눈을 부비는 그녀에게 말을 던졌다.

"우리 종민이가 오늘 올라나."

"간밤에 전화 왔는데 못 온대요. 회사에 무언 바쁜 일이 있는지 우리 종민이가 해야 된대요."

원철네 큰아들 윤식이, 딸 정미도 오지 않았다. 광식이네 명숙이와 현철이만 왔다. 현철이는 동네 세배도 다녀갔다. 명절에 한 집이나마 자식들이 온 게 다행이다.

쓸쓸함을 술로 달래가며 설은 그냥 그렇게 지나갔다.

다음날 자식들도 떠나고 사흘 뒤, 광식 내외가 버스를 타고 나간 후 종무소식이었다. 그 후로 주로 원철네 집에서 두 사람만 술을 마셨다. 정월 대보름을 이틀이나 지나서 광식이네 굴뚝에서 연기가 올라왔다. 윤구와 원철은 자동으로 광식이네 집으로 왔다. 이들을 보자 광식이 처가 일장연설을 해댔다.

"이제 저이는 술 못 마셔. 그동안 원주시는 말할 것도 없고 서울 큰 병원까지 가서 검사를 받았어. 술 한 방울만 마셔도 죽을 거래. 간은 다 굳었구 오장육부도 다 썩었다나. 어휴, 속터져. 여편네들은 한 푼이라도 벌려구 무거운 걸 이고 저자 보러 댕기는 동안에 시두 때두 없이 술들을 퍼마셨으니 이 꼴이 된 거야. 우리 집에 술 읎어. 남은 것두 다 버렸어. 짐만 대충 싸면 내일이고 모레고 떠날 거야. 산골에 사는 것두 이젠 지겨워."

장작 두어 개를 들고 기신기신 부엌으로 들어가던 광식은 째랑째랑한 마누라 목소리를 듣고 멈추어 섰다. 그는 얼마간 못 본 사이에 폭삭 늙어 보였다. 얼굴은 가죽만 남았고 머리는 더 희어졌다. 허리도 꾸부정해져 간신히 서있는 것 같았다. 아내의 말이 끝나자 바람 빠진 목소리로 힘없이 지껄였다.

"난 안가. 살면 얼매나 산다구. 여기가 좋아."

잠시 쉬었다가 더듬더듬 이어갔다.

"당신한테 폐 끼치기두 싫어."

"이 몸으로……"

힘든지 한참을 쉬었다가 또 떠듬떠듬 지껄였다.

"도시에 가서…… 워떠케…… 살아."

"난 우리 동네가…… 좋구마. 안 갈려."

간신히 참고 있던 마누라가 다시 연설을 시작했다.

"뭐라는 거여. 안 가? 안 가면. 저 작자들과 술 마시다 죽을 거여. 지금도 병원에서 준 약으로 버티면서…… 그 약 읊어봐. 배를 움켜쥐고 끙끙거리면서…… 잠 한 숨 제대로 못 자면서…… 안 되겠어. 이 동네와 정을 떼야지. 내일 당장 갑시다. 웬만한 건 버리고…… 필요한 건 나중에 챙기면 되지. 며칠이라도 더 살려면 빨리 나가야 해어. 당신 아무 말 하지 말구 내가 하자는 대로 해."

광식이가 간신히, 하지만 기를 쓰고 지껄였다.

"난 하루라두…… 여기가…… 좋아."

더 이상 가슴이 아파 들을 수 없어 두 사람은 슬그머니 집을 나왔다.

다음날 아침 일찍 윤구, 원철네 집 전화벨이 요란하게 울렸다. 광식댁이 아침에 눈을 뜨자마자, 아픈 남편이 없어서 부엌에 나가 보았더니 쓰러져 있더란 것이다. 모두들 부리나케 광식이네 집으로 모였다. 두 손이 부엌 문지방에 얹힌 채 앞으로 넘어진 듯 엎어져 있었다. 아궁이 앞에 대접이 놓여 있고 소주 됫병 하나가 말끔히 비워진 채 넘어져 있었고, 그 옆에 농약병,

제초제병, 모두 뚜껑이 열려있다. 병원 약봉지가 십여 개는 됨 직한데 모두 뜯긴 빈 봉지였다. 함께 섞어서 마셔 버린 게 분명했다.

"술은 싸그리 치워버렸는데 워디서 났지."

"어제 초저녁에 변소에 간다고 나갔는데…… 아…… 그때 좀 늦게 들어 왔어. 술 얻으러 갔었구먼. 누가 준 기여."

누구도 선뜻 입을 열지 않았지만, 실은 원철이 준 것이다. 어제 밤 광식이가 막대기를 짚고 어찌어찌 찾아와서, 마누라 몰래 작은 잔으로 한 잔씩만 마실 거니간 아무 걱정 말라는 거였다. 거듭거듭 간절히 부탁을 하니 거절할 수가 없었다. 술이라곤 됫들이 두 병밖에 없어 그 중 한 병을 건넨 것이다. 원철은 부엌문 앞에 꿇어 앉아 홀찌럭 홀찌럭 눈물을 떨구었다. 윤구도 눈물을 훔치고 또 훔쳤다. 아랫마을 사는 이장이 들어서는 것도 몰랐다.

파출소에 신고하는 거부터 이장이 나서서 차근차근 일을 치러 나갔다. 원철과 윤구는 술에 곤죽이 되어 화장터에도 따라가지 못했다. 이튿날 술이 깼을 땐, 모두들 떠나고 다시 조용해졌다. 유골이 뿌려진 산 앞으로 아무 일 없다는 듯 차들만 씽씽 달렸다.

윤구댁은 일체 술을 사오지 않았다. 원철댁은 여전히 술을 떨어뜨리지 않았다. 응당 윤구는 반찬 중에 술안주 될 만한 걸 들고 원철의 집으로 갔다. 셋이 마실 때만큼 즐겁지도 않고 술맛도 덜했다. 광식이 형 얘기가 나오면 눈물이 났다. 그럴 때면 술을 막 들이켰다. 술 양은 더 늘었다.

10

삼월로 접어들면서 매서운 추위는 가신 것 같았다. 눈이 내리긴 해도 금세 녹는다. 아랫마을 보다 좀 늦긴 해도 봄은 온다. 윤구는 고등어찌개를 냄비째 들고 원철네로 가고 있다. 광식 형이 그리워 또 코끝이 찌릿해졌다.

술이 꽤 올랐는데도 윤구 혼자 지껄이고 원철은 말이 없다. 우울한 낯빛이다.

"형! 무슨 일 있수?"

"응! 마누라가…… 안 들어온 지…… 사흘이 넘었어."

울먹이느라 간신히 말을 이었다.

"얼마 전 잔금 받구…… 싼 아파트 알아 본다구…… 돌아대녔잖아요."

"으응! 그랬는데…… 뭐라더라. 응! 일수 뭐라고 했는데, 이자를 많이 받아서 돈을 많이 번다나……도와주는 사람이 있다

나. 핸도폰인지…… 것두 사구……"

　뾰족한 수가 없는 두 사람은 술만 마셨고 막차 올 무렵쯤 윤구는 일어섰다. 형이 걱정되어 고개를 돌려보았다. 혼자 술을 들이켰다. 차마 발길이 떨어지지 않았다. 도로 앉았다.

　"형! 술은 있수?"

　"육칠십 병."

　"그르케나 많이?"

　"잔금 받든 날 김 사장 차루……"

　정반대도 한참 정반대다. 난 집에서 술 구경을 못하는데 형은 잔뜩 쌓아 놓고 마시니 복이 많은 건가, 아니면 먹고 죽으라는 겐가. 에이, 설마. 윤구는 묘한 기분이 들었다.

　"실컷 퍼마시고 죽으라는 거겠지."

　원철이가 윤구 기분을 안다는 듯 씨익 웃었다.

　"형이 웃었어. 허허……"

　광식이 형이 죽고 처음 본 웃음이다. 윤구도 웃어 보긴 처음이다.

　"윤구야!"

　참 따뜻한 목소리다. 기분이 좋다.

　"응!"

　"전답도 정리했겠다, 난 이제 쓸모가 읎어. 우린 술도 많이 마셨잖으어. 이젠 힘두 읎을만 허지."

원철은 술을 참 맛있게 들이켰다. 허공에다 한참 눈길을 주다가 다시 말을 이어갔다.

"우리 아부지가 제일 일찍 돌아 가셨지. 자네두 알잖어. 그래서 어려서부터 난 죽어라 농사를 지었어. 우리 새끼들 중엔 그럴 놈이 읎어. 어쩌면 잘 팔아 버린 것 같기두 허구. 이런 게 조금 빨리 온 듯 허지만 워쩌겄어. 풀벌레고 짐승이고 때 되면 가잖어. 깻망아지 기억나지. 참깻잎 다 갉아 먹으면 농사 망치잖어. 그놈 잡는 건 어렸을 때 우리 몫이랬지. 작대기 두 개루 잘 집어냈지. 이젠 내가 깻망아지으여. 술, 밥만 축낼 뿐인데…… 실컷 먹으라구 잔뜩 사다 놓아서 고맙지."

잠시 허공을 쳐다보던 원철이가 말을 이었다.

"그러구 혹시 내가 먼저 가거든 화장해서 앞산 능선 마루에 뿌려줘. 저기 올라가면 산 밑에서 올라오는 사람들이 다 보였잖어. 장에 갔던 엄마가 나타나길 눈 빠지게 기다렸지. 엄마 모습이 멀리 보이면 쏜살같이 뛰어 내려왔어. 그 시절이 너무 그리워."

원철은 유난히 많이 지껄였다. 그러고도 계속 지껄이다가 뒤로 피식 쓰러져 그냥 잠이 들어 버렸다.

11

얼음 밑에서 졸졸졸 물 흐르는 소리가 들리면 버들강아지가
핀다. 바람이 몸속으로 파고들어도 제법 따뜻한 햇살에 양지
쪽은 해토가 된다. 부드러워진 흙을 밟으며 냉이, 씀바귀를 캔
다. 봄내음이 상에 올라온다. 산에는 동박이 노란 망울을 터트
리며 봄이다 하고 외치면 들판 여기저기서 쑥들이 쑥쑥 올라온
다. 하지만 이대로 봄이 되는 건 아니다. 청명을 따라오는 꽃샘
추위다. 매서운 바람에 눈보라가 겹치면 봄은 겁을 먹고 움츠
려 든다. 잠깐의 고통일 뿐 곧 봄은 온다. 태양은 더 오래 비추
고 진달래를 선두로 꽃들이 핀다.

봄기운이 완연해졌지만 원철은 점점 말라간다. 원철댁은 두
번 왔다 갔다. 한 달 전엔 도시여인처럼 청바지에 청재킷을 입
고 부드럽게 웨이브를 준 머리카락을 살랑살랑 흔들며 나타났
다. 썬캡에 몸뻬바지를 입고 죽어라 일하던 모습은 온데간데없
다. 돈 잘 벌고 있으니 걱정 말라, 땅을 산 서울사람들이 바로
는 내려오지 않으니까 여기서 우선 농사짓고 살고 있어라, 돈
많이 벌어 곧 데려 가겠다고 몇 마디하곤 건너편 길 한 켠에 서
있던 승용차를 타고 가버렸다. 보름 전에는 버스를 타고 와서

는 오백만 원 돈다발을 원철 앞에 밀어 놓으면서 이게 전부다, 사기꾼에게 당했다, 무슨 짓을 해서라도 돈 벌어서 데려 갈 테니 기다려라 하고는 돌아오는 그 버스를 타고 갔다.

보다 못한 윤구댁이 발 넓은 김 사장에게 부탁도 하고 나름 사방 수소문을 하여 알아보았다. 돈 생긴 걸 안 버스 김 기사가 접근을 했다는 것이다. 승용차에 태워 드라이브도 하고 밥도 사고 술도 샀다. 남편밖에 모르는 순진한 원철댁은 김 기사의 유혹에 넘어가 몇 번 모텔을 들락거리면서 숨어 있던 끼가 발동을 하고 이내 푹 빠져버렸다. 김 기사는 이 기회를 이용해 사기꾼들을 끌어 들였다. 돈 벌어 준다고 사채놀이를 시켰다. 이 자도 또박또박 주니까 그만 안심을 해버린 원철댁은 욕심이 생겼다. 옆에서 김 기사가 꼬드기기도 했다. 가진 돈 모두를 밀어 넣었다. 그걸로 끝이었다. 사기꾼들은 달아나고 김 기사는 나 몰라라 오리발을 내밀었다. 그리곤 그도 곁을 떠나갔다.

윤구가 방문을 열고 들어서면 원철은 언제나 술을 마시고 있었다. 윤구가 날라오는 음식은 몇 숟갈 뜨다 만다. 윤구는 아내에게 들은 얘길 할까 하다가 모르는 게 나을 거 같아 그만 두었다. 무슨 일이 있었든지간에 빨리 형수가 돌아와서 형이 마음을 잡기만 고대했다. 원철의 빈 잔에 술을 부었다. 몇 잔을 마시는 동안, 이런저런 얘기 끝에 농사얘기가 나왔다. 봄이 되었으니 마땅히 해야 될 얘기다.

"여기 전답은 형이 모두 갈았지. 형! 이제 슬슬 시작해야지."

원철은 한숨을 길게 내쉬고 골똘히 술잔만 바라보다가 술을 한 모금 마셨다.

"저기 경운기에 쟁기도 싣구 연장들 다 싣구 가. 이젠 자네가 해. 자넨 아즉 농사를 지어야지. 난 힘이 다 빠졌어. 할 수가 없어."

"할 수 있어. 해 보자구. 기운을 내어. 형."

진달래가 흐드러지게 피어 분홍 물을 들이는 옆으로 질투라도 하듯 철쭉이 붉은 입술을 쏙쏙 내어 민다. 이미 노랗게 소복소복 꽃다지가 피어있었고, 긴 목을 쭉 뽑아 올린 민들레는 듬성듬성 눈처럼 하얗다. 밭에는 지칭개, 망초대, 쑥들이 경쟁을 하며 자라고, 산과 땅 표면을 뾰족하게 밀고 나온 원추리가 늘씬하게 크면, 제일 먼저 화살나무가 장단을 맞춘다. 쭉쭉 뻗은 가지마다 여린 녹색 잎을 내어 민다. 혼잎이다. 계곡에선 길게 휘어진 줄기에 다래순이 부지런히 눈을 틔운다. 산은 살곰살곰 녹색으로 바꾸어가고, 잔데싹, 삽추싹, 취를 비롯해 온갖 것들이 땅을 헤집고 얼굴을 드러낸다. 드디어 아기손마냥 앙증맞은 고사리가 쑥쑥 올라올 때면, 산은 살아 있는 것들로 더욱 풍성

해지고, 나날이 더해지는 색으로 황홀해진다.

봄이 한가운데로 들어섰다. 산향기를 가득 묻힌 봄바람이 분다. 거기에 소리도 실려왔다. 바람이 흔들리면 소리도 떨리고 바람이 멈추면 소리도 끊어지고 바람이 세어지면 가냘프게 이어졌다. 그러다 소리는 갑자기 폭포수의 절규로 떨어져 애잔하게 맴돌다가, 흐느낌으로 바뀌어 물을 따라 흘러갔다. 다시 소리는 새를 타고 나타나 하늘로 올라가 구름이 되었다. 다시 바람을 타고 들려왔다.

반찬을 싸들고 원철의 집으로 들어가려던 윤구는 헉, 숨이 막혔다. 호드기 소리다. 형이다. 어쩌면 저렇게 잘 불까. 하기사 형 아버지가 호드기 부는 솜씨는 면내에서 최고였다. 그걸 형이 물려받았으니 저렇게 잘 불 수밖에 없지. 윤구는 머리를 끄덕였다. 원철의 아버지가 서른아홉, 사십도 못 채우고 죽자 어머니는 그게 청승맞은 호드기 탓으로 여겼다. 당시 열다섯 살인 원철은 애비 죽은 지 일 년도 안 되어 애비 이상으로 호드기를 잘 불었다. 당장 말릴 수가 없어 어머니는 아들에게 간곡히 당부했다.

"호드기는 너무 청승맞으어, 결혼하기 전까지 만이야이. 결혼해서는 절대 불면 안 돼. 에미 말 들어."

어머니의 말씀을 원철은 따랐다. 결혼과 동시에 호드기와

이별하고 어머니가 돌아가신 후에도 이제까지 전혀 불지 않았다. 근데, 무슨 일이야? 윤구는 부지런히 소리를 따라갔다. 짐작이 가는 곳이 있었다. 원철의 집 뒤 옛길에서 계곡 쪽으로 들어가면 넓다란 바위가 나온다. 예상대로 그곳이었다. 꼴짐 받쳐 놓고 해지는 줄도 모르고 호드기를 불던 바위다. 형은 두 손으로 호드기를 감싸고 눈을 감은 채로 불고 있었다. 손과 볼이 살짝살짝 움직이면 신기하게 소리가 흘러나와 산천으로 허공으로 퍼져나갔다.

원철이가 호드기를 분 지 나흘이 되었다. 호드기 소리를 찾아 나선 윤구는 갑자기 불안해졌다. 호드기 소리가 들리지 않았다. 어디 아픈가? 윤구는 뛰다시피 갔다. 집에 도착했지만 너무 조용하다. 얼른 마루로 뛰어 올라 방문을 열었다.

많은 피를 토한 형이 붉게 물든 요 한가운데 머리를 박고 비스듬히 누워있었다.

12

함께 의지하며 살던 두 사람을 보내고 혼자 남은 윤구는 나날이 미쳐갔다. 농사가 뭔지 잊어버린 사람 같았다. 윤구댁도 허전하고 불안했다. 밤이면 무섭기도 했다. 남편이란 인간은 형들이 간 이후로 술이 깬 맑은 모습을 보인 적이 없다. 원철이 남긴 술이 원수였다. 저자에서 돌아와 보면 집에 있을 땐 거의 술에 취해 잠들어 있었다. 맨바닥에 옷도 벗지 않고, 윗목에서 뭐가 그리 불안한지 벽 쪽을 향해 쭈그리고 잔다. 그래도 아내는 베개를 받치고 이불을 덮어준다. 검은 머리 파뿌리 되도록 함께 살다 한날한시에 같이 죽자고 맹세한 남편 아닌가. 내 팔자다, 어쩔 건가. 이겨내야 한다. 그녀는 다시금 마음을 매섭게 다잡았다. 윤구댁은 이장에게 통사정을 했다. 그이는 마지못해 이 먼 곳까지 경운기를 몰고 와 작년의 반 정도지만 밭을 갈아 주고 갔다. 혼자서라도 농사를 지을 작정이다. 땅이 팔릴 때 팔리더라도 농토를 묵히긴 싫었다. 여기 사는 동안 저자 볼거리도 있어야 한다.

그동안 술을 사 오지 않았지만, 요즈음은 술을 사다 주지 않을 수 없다. 원철이 남긴 술이 다 떨어졌고, 술이 없으면 윤구는 갑자기 위험한 아스팔트길을 걸어 내려가 황둔에 있는 슈퍼마켓에 들러 외상술을 들고 나온다. 오래 산 원주민일수록 윤구를 잘 안다. 달라는 대로 주고 윤구댁에게 연락을 한다. 그녀는 우정 찾아가 사과하고 술값을 갚는다. 어떤 땐 술에 취해 걸어오기도 하고 버스도 그냥 타고 내린다. 나중 백배 사죄하고 운임을 낸다. 모두들 미쳤다고 수군거린다. 그녀는 속이 터졌다. 술을 사다 줄 수밖에 없었다.

윤구는 아침이면 광식이네 집에 갔다가 원철네로 와서, '형 어이 마셔, 나두 줘.' 혼자 중얼거리며 술을 마신다. 휘청대며 집에 와선 떨어져 잔다. 술에서 깨면 반찬과 술을 싸들고 또 두 집으로 건너간다.

달콤한 칡꽃향이 머물다 가면, 산 여기저기 밤꽃이 피어난다. 털 난 하얀 누에가 수도 없이 매어달려 흐느적거린다. 생콩을 갈은 알싸하고 향긋한 콩비린내가 온 산에 퍼진다. 여름으로 들어선 것이다. 잣은 어린애 주먹보다 훨씬 커져있다. 뻐꾸기의 청아한 소리가 산을 울리고, 작은 새들은 쩩쩩쩩쩩쩩쩩……, 송장메뚜기는 싸라라라 싸라라라, 온 산이 합주를 한다. 호랑나비는 꽃 속을 헤엄쳐 그늘 속으로 숨고, 흰나비는 햇빛 조명을 즐기며 하늘 하늘 춤을 춘다. 모든 생명들이 삶의 행복으로 충만해 있다.

사람이 살지 않으면 산골집은 이내 폐허가 된다. 밭과 마당 길 모두가 잡초로 뒤덮여 버린다. 처음 오는 사람이면 으스스하겠지만, 윤구는 전혀 그런 느낌이 없다. 매일 술병을 들고 들락거린다. 어제는 술을 마시다 그만 술이 다 떨어졌다. 외출이라 여겼던지, 앞밭 허수아비의 코트를 벗겨 입고는 무턱대고 황둔으로 내려갔다. 술병을 들고 나오면서 빈속에 안주도 없이 벌컥벌컥 마시고 너무 취해 길거리에 쓰러졌다.

아내는 내일 오전에 땅 계약을 하니깐, 아침에 술 조금 마시라고 신신당부를 하고 저자에 갔다. 그런데 내려가선 어제 그 꼴이 되고 말았다.

그녀는 점점 더 미쳐가는 남편을 살리기 위해서라도, 찬바람 나기 전에 이곳을 떠날 심산이었다. 그녀는 고심 끝에 무척 싸게 땅을 내놓았었다. 그래서 간신히 계약하게 되었는데 남편이 저 모양이니 화를 내다 너무 서럽고 어이가 없어 훌쩌럭 훌쩌럭 울었다. 우는 소리를 윤구는 잠결에서 들은 것 같다. 깨어나서도 이상하게 간 밤의 일이 어렴풋이 기억이 난다. 여느 때보다 정신이 맑다.

아직 자고 있는 아내를 힐끗 보곤 아침 일찍 윤구는 집을 나섰다. 땅이 팔린다, 땅이 팔린다, 거듭 중얼거리며 원철의 집에 도착했다. 마당으로 들어섰다.

"형!"

아무 대답이 없다.

"원철이 형!"

여전히 아무 대답이 없고 스산한 바람만 불어왔다. 텅텅 빈 집이다. 이런 일은 처음이다. 풀들만 우쑥 자라나 마당을 덮어가고 있었다. 어제도 형과 술을 마셨었다. 지금은 완전히 빈집이다. 어디에도 형의 온기가 없다. 울음이 터져 나왔다. 견딜 수 없는 외로움이 전신을 파고들었다. 세상이 캄캄해졌다. 절망이다.

"형! 보고 싶어!"

"형들 지다려. 내가 형들 따라 갈꺼여."

형들이 아주 떠나 버린 걸 느끼고 집으로 오면서 윤구는 흐느껴 울었다.

"광식이 형! 형처럼 헐꺼야."

윤구댁은 이부자리를 개어 장롱 위에 올려놓고 밖으로 나왔다. 부엌에서 부스럭거리는 소리를 듣고 다가갔다. 소주 됫병이 반쯤 비어 있고, 윤구는 소주가 담긴 대접에 농약을 붓고, 제초제도 붓고 있었다.

"이이가 무슨 짓을 하는 거야."

아내가 황급히 달려갔다.

"속을 썩일 대로 썩이고 이젠 죽는 걸로 내 속을 썩일랴고. 그래 내가 먼저 죽을께."

윤구 손에서 대접을 낚아채어 벌컥 들이켰다. 윤구가 다급히 대접을 잡으려 했지만 늦었다. 아내는 뒤로 엎어져서 아궁이를 긁었다. 얼마나 세게 긁고 또 긁었으면 손톱에서 피가 났다. 입으로도 피를 토했다. 그러곤 힘없이 널브러졌다.

윤구는 남은 농약과 제초제를 대접에 부었다. 술도 부었다. 들이켰다. 너무 뜨겁다. 뱃속에 벌건 숯불이 가득 찼다. 고통의 시간이 지나고 아무 것도 보이지 않았다.

보인다. 솔잎 틈새로 하얀 빛살이 무수히 쏟아진다.

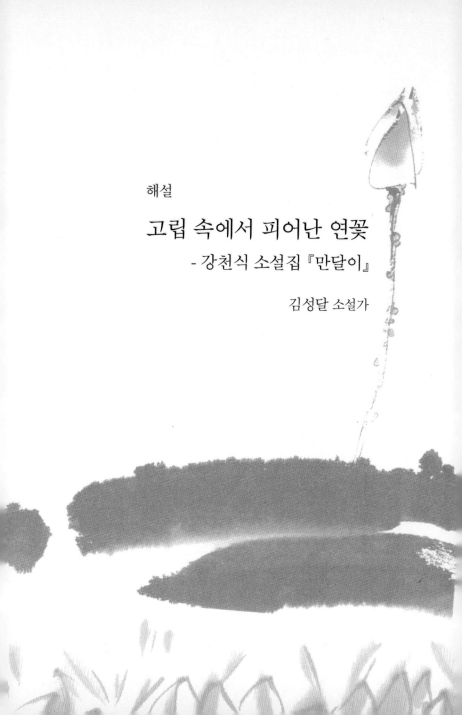

해설

고립 속에서 피어난 연꽃

- 강천식 소설집 『만달이』

김성달 소설가

1

　　　　　　　강천식 작가의 소설집『만달
이』는 우리가 일반적으로 알고 있는 소설과 다르다. 그의 소설
속 인물들은 사회가 요구하는 시간의 속도를 따라잡지 못하는,
아니 따라 잡으려고 하지 않는다. 그래서 사회가 요구하는 속
도에 맞춰서 살아야 한다고 생각하는 사람들은 쉽게 읽기 힘든
작품이다. 그것은 이 소설이 무엇을 잊어버렸는지도 모르는 현
대인들의 오만한 무지에 대한 각성을 촉구하기 때문이다. 작가
가 인간이 모든 것을 알고 있다는 오만한 무지에서 깨어나 자
연 앞에서 겸손해지기를 기도하는 마음으로 쓴 소설이 바로『
만달이』이다

　강천식 작가는 원주의 배부릉산 암자에 정착해 생활하면서

가족을 부양하며 살고 있다. 어찌 보면 비주류 삶을 살고 있지만 그렇다고 세상일의 치열함을 외면하고 개인적인 여유와 자기만족에 빠져 살지 않는다. 그는 노동하는 정직한 삶을 통해 그리고 자연에 대한 직간접적인 체험을 통해 세상에 대한 예리한 시각을 갈고 닦아온 작가이다. 「만달이」는 이런 작가의 첫 소설집이다.

이 책에 실린 소설들은 전개방식과 내용은 각기 다르지만 그 안에 녹아 있는 가치관은 하나의 공통점을 지니고 있다. 바로 자기 자신을 바르게 인식하는 무지이다. 인간의 선천적인 특성에 닿아 있는 이 무지의 길은 겸손의 길이며 무제한적인 욕망의 추구를 넘어서는 인간 본래의 모습으로 돌아가는 길이다. 또한 무지의 길은 이 세상 모든 창조물의 독자성을 인정하고 존중하며 외경하는 길이기도 하다. 더불어 무지의 길은 믿음의 길이기도 하다.

『만달이』의 인물들은 스러져가는 현실 앞에서 지나치게 비장하지 않고 어떤 비극적 상황이라도 그것을 파국이라고 인식하지 않는다. 유별난 계몽도 훈계도 없이 오로지 작가가 묘사하는 인물의 인성에 깃든 감화력만으로 다른 이들의 삿되고 교만한 욕망을 돌아보게 만들고 있다. 작가의 관심사는 멀리 있는 미래의 어떤 것이 아니라 과거와 지금 여기의 삶 자체에 머물러 있으면서 어떤 인물들에게도 등을 돌리지 않는다. 그런 까닭에 이야기를 특별하게 비틀기보다는 분위기를 묵묵히 자기만의 색깔로 그려낸다. 인물들의 모습이 어렴풋한 맥락 속에서 움직여서 읽다보면 암시적인 분위기의 상징적인 이미지가 자연과 묘한 합일점을 이룬다.

현실을 너무 어둡게 그리면서 무력감을 과장하거나 인간 심성의 악마성을 과도하게 부각하는 소설들이 많은 요즘 세태에 강천식 작가의 소설은 아픈 현실을 정직하게 묘사하면서도 성찰의 대상으로 삼고 있다. 아픔을 바라보는 작가의 그 시선이 너무 착하고 섬세해서 뭔가 딴지를 걸고 싶을 정도이다. 그러다보니 그의 소설에는 어떤 '전형'은 없고 불안하게 흔들리는 예측 불가능한 사건의 당사자만 놓여 있는 것이다.

『만달이』는 삶을 단순하게 살아가는 사람들의 자화상이다. 도무지 욕심이라고는 없는 사람들이다. 행여 도둑이 이들의 집에 들어가면 돈 되는 것이라고는 없어서 실망하며 돌아설 것이다. 하지만 누구도 부족함을 느끼지 못하고 살고 있으며 필요한 것은 나름대로 소유한 건강한 모습의 사람들이다. 그러나 어느 날 갑자기 아스팔트길과 사람을 압도하는 높은 건물들이 생겨나면서 그 건강성은 사라져버린다. 그래서 역설적으로도 『만달이』는 온갖 물질에 둘러싸여 의미도 없고 아름다움도 없는 죽은 삶을 살아가는 사람들에 대한 연민으로 가득하다.

또한 『만달이』는 자신의 자리를 떠나지 않고 살아가려는 인물들의 안타까운 몸부림이기도 하다. 산천 속에서 살아가는 사람들의 발가벗은 모습을 있는 그대로 여과 없이 보여준다. 경제발전이라는 이름으로 산이나 추억처럼 다시 복원 할 수 없는 것들이 파괴되어가는 현장을 견디며 살아가는 소수 사람들의 사연을 다루고 있지만 그것은 결코 소수의 작은 이야기가 아니다. 작가는 이 소설집을 통해 인간이 자연을 가지고 있는 게 아니라 자연이 인간을 품고 있다는 것을 간절하고도 명징하게 증언하고 있다.

2

표제작인 「만달이」는 만달이라는 이름 자체보다는 그 이름이 붙여진 시기에 대한 송가이다. 이 작품은 어떤 근원을 찾아가는 서사로 시작하지만 결국은 근원에 대한 강박으로부터 놓여나는 결말로 귀결되는 인상적인 작품이다. 그래서 기원 혹은 근원 찾기라는 정체성이 서사의 틀로부터 자유롭다. 정체성에 기댄 서사는 결국 필연적으로 강박적이고 목적론적인 플롯이 될 수밖에 없다는 점을 인식하며 쓴 작품이다.

절 뒤의 굴에서 살고 있는 만달이는 아이 같은 노인이다. 남녀노소 할 것 없이 존칭 생략하고 만달이라고 부른다. 늘 말없이 웃기만 하는 만달이가 절의 동자승인 무생이는 좋다. 그래서 동네아이들이 만달이를 거지라고 놀리면 동자승은 만달이가 귀한 분이라고 목소리를 높인다.

동자승은 가끔은 이 오솔길에서 그를 만나기도 한다. 늘상 말없이 웃어준다. 가까이서 보면 눈가에 주름도 살짝 떨리지만 몇 가닥 안 되는 희끗희끗한 수염을 사이에 두고 볼과 입 끝이 살짝 올라간다. 사람을 보는 듯 하다가도 먼 허공을 바라본다. 그것이 오히려 편안해 동자승도 만달을 등 뒤로 하고 앞산 멀리 허공을 향해 스스로 남은 미소를 짓곤 했다. (「만달이」 중에서)

그 만달이가 상여를 보관하는 곳집에서 얼어 죽었다. 스님을 따라 안택기도를 가다가 그 사실을 알게 된 무생이는 그를 다시 볼 수 없다는 생각에 코끝이 찡하고 눈물이 맺힌다. 6·25가 끝나갈 무렵 마을에 들어온 만달이는 얻어먹고 살긴 하지만 먼저 뭘 달라고 한 적은 한 번도 없다. 남의 집 앞에서 우두커니 서있으면 사람들이 밥과 반찬을 문 앞에 놓아주었다. 마을 사람들은 아무리 먹고살기 힘들어도 만달이 하나쯤은 끼고 살았다. 만달이는 그렇게 살다가 죽었다. 동자승이었던 무생이는 고등학교를 졸업하고 절을 떠났다. 중국집에서 그릇도 닦고, 여관과 술집 삐끼도 하다가 깡패 싸움에 말려들어 교도소를 들락거린다. 스물다섯 되던 해에 미스 최와 동거를 하면서 무생은 유흥가 일을 관두고 건축현장에서 일을 한다. 하지만 뒤늦게 찾아온 미스 최의 남편이라는 작자와 싸우다가 칼로 찌르고 교소도에 들어간다. 교도소에서 조적기술을 배운 무생은 출소를 했지만 이 무렵부터 가끔씩 떠오르는 모습이 있었다.

부모의 모습은 애당초 알지도 못했고, 가끔씩 야단치시던 스님의 모습이 떠오르긴 했지만 그립거나 보고 싶진 않았다. 그런데 정말 보고 싶은 모습이 있었다. 학교 갔다 올 때, 언덕 옆 대추나무 가에 앉아 있던 모습, 오솔길에서 마주치면 빙그레 웃던 모습, 도랑에 쭈그리고 앉아 한없이 흘러가는 물을 바라보던 아담한 노인, 굴 위 언덕에 올라서 해질녘의 마을을 한없이 바라보던 노인, 만달이었다. (「만달이」 중에서)

출소한 무생이는 공사현장을 떠돌며 일을 하다가 함바집 사장의 여동생과 눈이 맞아 결혼을 하고 아들 둘을 낳았다. 육층 건물을 소유할 정도로 열심히 살았지만 IMF를 만나 가진 것을

몽땅 날리고 공사판을 전전하는 무생이의 눈앞에 자꾸 만달이
가 나타난다.

　　또 만달이의 모습이 떠올랐다. 꽤 오래전부터 이런 현
상이 지속되었다. 오늘은 여느 때보다 더욱 심해 한없이
멍청하게 서있었다. 간간히 빙그레 웃기도 했다. 만달이
웃고 있기 때문이다. 만달이 먼저 보일 때도 있지만, 주로
산이 먼저 나타났다. 뒤이어 만달이 산과 겹쳐지고, 빙그
레 웃으면 뒤의 화면이 언덕 위 대추나무로 바뀐다. 소나
무, 참나무, 느티나무로 이어가다 바위에 앉아 있기도 한
다. 갑자기 만달이 사라지면 무생은 아쉬움에 몸을 부르
르 떤다. 다시 나타날 땐 나무줄기에 만달이의 모습이 보
이다가 나무 전체가 만달이로 바뀌어 버리기도 한다. 무
생 자신도 숲속으로 들어간다. 나무들에 휩싸이면 그저
아늑하고 평화로운 세계로 들어가 버린다. 지금 일하고
있는 자신을 잊어버린 것이다. (「만달이」 중에서)

　무생은 일을 나가지 못한다. 일을 나가려고 하면 머리가 뻐
근해지고 몸이 무겁다가도 포기하면 신기하게도 만달이의 모
습이 나타난다. 결국 무생은 만달이 살던 산으로 찾아가지만
그곳은 이미 예전의 모습이 아니다. 그렇지만 무생은 산자락에
굴을 파고 바닥에 낙엽을 깔고 누워 그곳에서 비로소 마음의

평안을 얻는다. 배가 고파 마을로 내려가 만달이처럼 이집 저
집을 기웃거리지만 밥 한 끼 얻어먹을 수 없다. 음식 쓰레기통
을 뒤져 배를 채우고 계곡물 몇 모금 마시고 다시 굴로 돌아가
눕자 편안하다.

　　이젠 걱정 없다. 내 앉아 있고 싶은 데 앉아 있고 서있
　　고 싶은데 서있으면 된다. 꿈같은 사흘이 지나갔다. 연못
　　을 바라보는 재미도 좋았다. 좋았다기보다 무심히 바라
　　보았다. 잃어버렸던 자신의 숨소리도 찾았다. 숨길을 찾
　　았다는 게 맞다. 들숨 날숨이 잦아들다 사라지면 시간은
　　멈추고 세상은 고요 속으로 들어가 버린다. (「만달이」 중
　　에서)

　이 작품은 어느 정도 정체되어 있는 듯 보이지만 움직이는
것들로 하여금 멈춰 서게 하고 그것들에 영향을 끼치는 어떤
것을 집요하게 파고든다. 그래서 인물들은 휘둘리지 않는 방
식으로 수동적이면서도 아무런 내색도 없이 포용적이다. '만달
이'는 잊힘으로써 사라질 수는 있지만, 변형되거나 대체되지
않기 때문에 그 자체로 남아 있을 수 있다. 그 자리를 다른 것
들이 채울 수 없기 때문에 세월이 흐른 후에도 다시 찾아가 볼
수 있는 어떤 근원의 큰 산으로 독자들 앞에 다가온다.

「뼈불」은 시선을 넉넉하게 열어두고 있는 소설이면서도 디테일 묘사에서 보여주는 집요한 힘이 대단한 작품이다. 공간은 침묵으로 가득 차고 인물들은 고립되어 있으면서도 타인의 존재를 인정한다. 하지만 타인의 공감에 지나친 의미를 부여하지 않는다. 그렇다고 완전히 놓아버리지도 않는 그런 전제를 슬며시 독자들에게 던지고 있다.

예순 중순의 늙은 불목하니 김 처사는 추운 겨울임에도 본사 조실 스님의 다비식에 따라 나선다. 법명이 무세이고, 누가 법명을 묻기라도 하면 '세상에 없어질 물건이 이름은 무슨 이름, 없어' 하고 대답했다는 조실 스님의 다비식에 김 처사가 굳이 따라나선 것은 짚이는 것이 있기 때문이다. 김 처사는 젊었을 때 만석으로 불리며 치악산 자락의 화장터에서 일을 했다. 하루는 늙은 중이 화장터에 들어와 망자를 위해 염불을 해주고 사라졌다. 그 후로도 매일 나타나 망자를 위해 염불만 할뿐 도무지 말이 없는 늙은 중에게 만석은 은근히 정이 든다. 염불도 일인데 도무지 보수를 원치 않는 게 자꾸 마음에 걸려 돈 봉투를 챙겨 주어도 늙은 중은 한사코 받지 않았다.

그는 아무것도 바라는 것이 없는 것 같았다. 그래도 서

로 마주치면 공허하고 멋쩍긴 했지만 정답게 눈웃음을 교
환하곤 했다. 그와의 대화는 그것이 다였다. 아침이면 그
의 그런 모습이 당연히 떠오르고 출근하기 전 만석은 눈
가에 주름을 잡아가며 그를 흉내 낸 웃음을 몇 번이고 반
복해 보았다. (「뼈불」 중에서)

이 것 저 것 캐묻는 만석의 말에 중은 아무런 대답 없이 씩
웃고 돌아서 나갈 뿐이다. 만석은 그런 늙은 중의 정체가 궁금
해서 견딜 수가 없어 하루는 뒤를 밟아 보는데 중이 갑자기 사
라진다.

만석은 괜히 아쉬움에 뒷산을 올려다보았다. 중이 거
기 있었다. 아니, 만석을 뚫어져라 쳐다보았다. 중은 진달
래꽃 무더기로 어정어정 걸어가 털썩 앉아 버렸고, 꽃잎
이 얼굴을 가리자 영락없이 잿빛 바위였다. 허, 바위가 저
중이었구만. 만석은 제 이마를 세게 쳤다. (「뼈불」 중에
서)

오토바이 사고로 죽은 남녀를 화장하는 날 그들과 함께 온
젊은 중이 자꾸 늙은 중의 법명을 묻자 늙은 중은 '이름은 무슨
이름, 세상에서 없어질 물건일 뿐이야' 라고 쏘아붙이고는 나
가 버린다. 만석은 다른 말은 잘 몰라도 세상에서 없어질 물건

이라는 소리가 귀에 쏙 들어왔다. 늙은 중은 새벽마다 화장터 납골당 앞에서 염불을 하면서 죽은 이들의 극락왕생을 빌었다.

새벽이면 중은 그 짓을 하고 그는 숨어서 계속 지켜보았다. 처음 느꼈던 귀기는 봄눈처럼 사라지고 화장터 전체는 평온으로 감돌았다. 무슨 소린지 알 수는 없지만 염불 소리도 듣기 좋았다. 낮에도 만석은 새벽 염불 기운에 젖어 화장터에서 일을 하는지 절에서 일을 하는지 헷갈릴 지경이었다. 중과 지내는 나날이 행복했다. 그 무엇인가에 홀랑 빠져 버린 느낌이었다. (「뼈불」 중에서)

사차선 도로가 뚫리며 화장터를 다른 곳에 신축을 하게 되어 만석은 늙은 중에게 굴을 떠나 다른 곳으로 옮기라고 했다. 추운 겨울 굴속에서 지내는 중이 안타까워서였다. 만석이 마지막 시신을 화장하고 혼자서 술판을 벌이며 섭섭한 마음을 달래는데 늙은 중이 떠날 차비를 하고 나타났다. 만석은 늙은 중에게 중학생의 유골을 건네면서 뿌려달라고 부탁했다.

중은 정문으로 는적는적 걸어가며 팔을 천천히 들어 올려 손을 살살 흔들었다. 흰 가루는 눈에 섞여 눈이 되어 흩어졌다. 얼큰히 취한 눈으로 바라보는 만석에겐 그 짓이 느리디 느린 춤으로 보였다. 불꽃에 슬쩍 가릴 땐 붉은

덩어리가 춤을 추었다. 아주 익숙한 그래서 정든 불덩어
리. 그는 술잔을 입으로 가져갔다. 술잔을 내려놓고 불덩
어리를 찾았다. 사라졌다. 안 돼, 가면 안 돼. 갑자기 밀려
드는 외로움에 만석은 아이처럼 울었다. (「뼈불」 중에서)

조실스님의 다비식에 도착한 김 처사는 다비장의 신도들 틈
에 끼었다. 밤이 되자 대부분의 사람들이 떠났지만 김 처사는
자리를 잡고 앉았다. 다비장의 불실에 취해 잠시 넋을 놓고 있
던 김 처사는 '그랬던 거야, 저 불덩어리가 그리웠던 거야. 가
마 안을 달구던 벌건 불덩어리, 그걸 잊을 수가 없었던 거야'
라며 혼자 머리를 끄덕인다.

따끈한 불기운에 눈꺼풀이 다시 무거워지기 시작했다.
나무아미타불 소리도 나무가 탄다 소리로 들렸다. 그럼,
나무는 다 타고 이제 뼈불이다, 뼈다귀불이라구. 그는 아
예 눈을 감아 버렸다. 자꾸자꾸 돌아가는 사람들은 이제
불덩어리가 되었다. 그러더니 모두가 한 곳으로 모여 무
세가 되었다. 무세는 천천히 팔을 들어 올려 흰 가루를 뿌
렸다. 그리곤 느리게 느리게 춤을 추며 불덩어리가 되었
다. (「뼈불」 중에서)

이 소설 속 인물들은 냉소도 체념도 위악도 아닌 채로 자신

의 상처를 특권화하지도 않는다. 그렇다고 남의 상처를 가볍게 생각지도 않는다. 상대방의 감정을 배려하면서도 그 행위를 상대가 부담으로 느끼지 않도록 적당히 조절하는 거리가 있다. 그 누구도 억압하거나 단죄하거나 특별화 하지 않으려는 것이 「뼈불」의 인물들이 지니는 자연스러운 미덕이다. 결국 끝을 얘기하지만 동시에 시작을 발견한다. 끝을 말하면서 그 사건으로부터 멀리 떨어져 있는 과거나 혹은 미래에 있지 않고 저물어가는 현재를 이야기하고 있다.

「빗자루」는 단단히 '뿌리내린 산천'의 이미지와 '아스파트 길' 이미지의 두 가지 축에 호응하면서도 이것들이 봉칠이의 정체성과 상호작용하고 있는 작품이다. 그래서 무너지기 직전의 순간 혹은 무너짐이 가까스로 유예되는 순간들의 아슬아슬함을 유지시킨 채로 끝맺고 있는데 이것은 애초부터 이 작품이 지향하는 방향일 수도 있다. 허물어질 듯 말 듯 그것들이 흔들리고 있는 모습 자체를 빗자루를 통해 묘사하려는 안간힘이 독자들에게 고스란히 전달되고 있다. 그런 순간의 아픔과 미묘함을 읽는 것이 이 소설의 묘미이다. 이 작품은 봉칠이의 애틋한 두려움과 아련한 서글픔의 감정을 언어화하고 있지만 그 언어를 넘어서는, 혹은 언어 이전의 어떤 근원에 가 닿아 있다.

봉칠은 덕봉 아래 '밭 한가운데쯤, 슬레이트 지붕에 눌러 납
쭉해진' 외딴집에 산다. 지난겨울 함께 살던 어머니가 돌아가
신 후로 산에서 혼자 지내고 있는 그는 매사에 의욕이 없다.

　　이 산중에서 봉칠은 어쩌다가 벌써 서른여덟 살이나
　　먹어버렸다. 여기서 태어나 아장아장 걸음마를 배웠고,
　　한 해도 빠짐없이 이런 여름을 이 산에서 맞이하며 먹어
　　버린 나이였다. 하지만 그는 세월에 관심도 없고 알 필요
　　도 없었다. 여름이 가고 가을이 오고 봄이 오고 또 여름이
　　오고 이어서이어서 살 뿐이다. 얼마를 살았는지 얼마를
　　더 살아야 할지 그런 것엔 관심이 없었다. 어머니 모시고
　　그저 산하고 사는 것 밖에는 몰랐다. (「빗자루」 중에서)

돌아가신 어머니를 묻은 뒷밭 쪽을 돌아보며 매일 그리워하
는 봉칠은 오늘도 대충 끼니를 때우고 산속으로 간다. 어머니
가 다니던 길이 있는 산속을 봉칠은 제집처럼 헤매고 다닌다.
그는 오랜만에 아버지 산소에도 가 본다. 삼십 년도 전에 돌아
가신 아버지의 모습이 도통 떠오르지 않는다. 오래 전에 이 산
에도 사람들이 많이 살았다. 봉칠이는 그때 동무들과 학교를
다녔지만 중간치기를 하고 혼자서 놀다가 하교하는 아이들을

따라 집으로 돌아오곤 했다. 학교에 가기 싫으면 가지 않았지만 어머니는 야단을 치지 않았다. 아들과 같이 있는 것을 즐거워했다. 봉칠이도 어머니와 함께 있는 것이 즐겁고 산이 더 좋았다.

정말이지 학교 가는 것은 봉칠에게 아무런 의미가 없었다. 호박 따는 일보다도 하찮은 것이 되어버렸다. 졸업반이 될 무렵에는 학교를 아주 잊어버렸다. 지게질도 조금씩 하면서 농사일도 쉽게 배워 나갔다. 마을에서 장려 송아지를 한 마리 얻어 키울 수 있게 되자, 이제 아들에게 더 이상 바랄 게 없을 정도로 어머니는 대견해하셨다. (「빗자루」 중에서)

어머니는 봉칠이의 초등학교 졸업장도 무엇인지 몰라 던져두었다가 어느 날 뚫어진 문구멍을 발랐다. 글을 모르는 봉칠은 관공서 가기가 두려웠고 사람 많은 곳이 질색이었지만 그냥저냥 견뎠고, 군대는 말할 것도 없이 민방위에서도 부르지 않았다. 봉칠은 산에 들어오면 안심이 되고 더없이 포근했다. 동네 사람들은 노루치를 뚫고 지나는 아스팔트길이 완성되면서 모두 떠나버리고 인적이 끊겼다. 산속을 돌아다니다가 집에 돌아온 봉칠은 습관대로 어머니를 찾았지만 어디에도 없다. 이런 일이 몇 달째 반복되고 있었다.

　　쭈그리고 앉아 감자밭을 바라보던 봉칠의 허전한 눈길
이 바로 앞, 밭머리에 점잖게 누워있는 싸리빗자루에 닿
았다. 눈이 번쩍 떠지며 생기가 일었다. 다가가 얼른 집어
들어 겨드랑이에 꼭 끼며 감싸 안았다. 이렇게 반가울 수
가 없었다. (「빗자루」 중에서)

　어머니가 돌아가신 후 봉칠은 긴 겨울밤을 홀로 뒤척이다가
아침에 일어나면 싸리빗자루를 들고 마을로 가는 길을 부지런
히 쓸었다. 빗자루를 들고 너스락 바위까지 갔다가 오기도 했
다. 그 무렵부터는 어쩌다가 마을에 갈 때도 빗자루를 들고 갔
다. 빈손 보다는 빗자루를 들고 가는 것이 차츰 익숙해졌다. 빗
자루와 친구가 되었다.

　　어떤 날은 마당에서도 빗자루를 가지고 놀았다. 발로
툭 차올려 받아 보기도 하고, 손바닥 위에 곧추 세워 보기
도 하고, 그 큰 빗자루 꽁무니로 등을 긁어보고, 등 뒤에
가로대고 양팔로 깍지 끼고 마당을 왔다 갔다 하다가, 땅
바닥을 탁 쳐서 개구리를 놀래 키고, 소 등도 쓸어주었다.
그렇게 함께 놀다가 마당 한 쪽에 휙 던져두곤 했다. (「빗
자루」 중에서)

봉칠은 빗자루를 보자 갑자기 산 아래 마을에 가고 싶다. 두어 달 넘도록 내려가질 않았다. 빗자루로 나무등치를 툭툭 건드리며 마을로 내려간다. 그사이 큼직한 새집이 마을 앞에 턱 버티고 있다. 큰마음을 먹고 아스팔트길을 건너며 봉칠은 스스로 대견하다고 생각했다. 새로 지은 '덕봉가든' 앞에서 맴돌던 봉칠은 때마침 무서운 속도로 지나가는 차들 때문에 깜짝 깜짝 놀라며 움츠러든다.

봉칠은 속상해서 '에이' 하며 어깨에 메고 있던 빗자루를 내렸다. 길가에 흩어져 있던 돌멩이를 두들겨 패듯 팍팍 쓸었다. 어떤 놈은 날아가고 어떤 놈은 굴러가며 개울가로 후드득 떨어졌다. 왔다 갔다 하며 쓸었다. 비질에 빠져 놀랄 틈도 없이, 차가 여러 대 지나갔다. 의연해진 그는 허리를 세우고 어깨를 폈다. 턱을 약간 들고 길 저 멀리까지 또릿또릿 바라보았다. 또 차가 지나갔다. 눈도 깜박하지 않았다. 그는 씩 웃었다. 정말 견딜만하다고 혼자 끄덕였다. (「빗자루」 중에서)

봉칠은 때마침 동네아줌마를 만나 덕봉가든 안으로 함께 들어간다. 개업식 날 이어서 아랫동네 사람들 대부분이 그곳에

와 있다. 봉칠은 그곳에서 생전 처음 보는 음식을 실컷 먹고 술도 한잔 얻어 마시고 앉아 눈만 끔뻑이다가 산으로 돌아가기 위해 일어선다. 마루 밑에 넣어 두었던 빗자루를 들고 나오던 봉칠은 행색을 수상하게 여긴 주인이 누구냐고 지르는 고함소리에 놀라 정신없이 달리다 보니 어느새 아스팔트길을 건너와 있다. 봉칠은 자신이 새로 지은 집에 들어가 음식을 먹고 사람들과 어울렸다는 것이 도무지 믿기지 않는다. 다시 들어가라고 떠다밀어도 못 들어갈 것 같다.

그런데 오늘따라 봉칠은 숲이 어둡게 느껴지고 우중충하니 낯설어 보였다. 그믐밤에도, 눈비 올 때에도, 그런 적이 없었는데 이상하게도 선뜻 그곳으로 들어가질 못했다. 바람이 선들 불어와 콧속을 시원하게 뚫어주더니, 눌려있던 취기마저 일깨웠다. 아스팔트길을 따라 걷기 시작했다. 꿈결 같기만 했던 가든 집에서의 식사를 되씹으며, 아쉬운 듯 몇 번이고 돌아서서 가든 집을 내려다보았다. 가든 집은 휘황한 안개 빛에 묻혀 있었다. 마을은 이미 그 속으로 사라지지고 없었다. 봉칠은 휘적휘적 제 그림자를 따라 걸어갔다. 움직일 때마다 빗자루 끝이 살짝살짝 흔들리고, 달맞이꽃은 달빛에 물 들은 흰 얼굴로 달만 바라보고 있었다. (「빗자루」 중에서)

「빗자루」에서 가장 인상 깊은 장면이다. 욕망에 휩싸이다가 그 욕망을 제어하는 감정이 거부할 수 없도록 잘 표현되었는데 봉칠의 삶에 균열이 전면화되는 장면이기도 하다. 붕괴의 과정이라고 생각하면 그 장면에서 봉칠은 어떤 충격의 순간을 맞이한 것이다. 봉칠의 입장에서는 이미 어떻게 해보기에는 늦어버릴 정도로 붕괴가 진행된 것이다. 그래서 숲이 어둡게 느껴지고 우중충하니 낯설어 보일 수밖에 없다. 봉칠이 가든의 음식 맛을 알았다는 것은 이미 돌이킬 수 없는 붕괴의 과정에 몸을 실어 버렸다고 할 수 있다.

봉칠에게 숲은 실체로서의 어머니이다. 어머니를 착취하고 파괴하는 행위를 이해할 수 없고 용납할 수도 없다. 숲에 대한 헌신과 집착만이 어머니를 기억할 수 있는 행위이다. 숲 앞에서 비교나 경쟁은 바보짓이다. 중요한 것은 상호보완성이다. 그래서 봉칠이나 어머니에게는 학교라는 것은 아무짝에도 쓸모가 없는 것이다. 왜냐하면 학교는 시스템에 적합한 인간들을 생산하는 공장이나 다름없기 때문이다. 이런 현실 교육에 대한 작가의 신랄한 야유와 비판이 봉칠이 지게질을 배우며 농사일을 하고 장려송아지를 받아서 키우는 구체적인 모습으로 나타나고 있다. 사회적으로 성공을 거두는 것보다는 무엇을 진짜하고 싶은지 자신에게 귀 기울이고 원하는 길을 찾아가려는 봉칠의 모습은 자연 전경 묘사와 잘 어우러져 하나가 된 듯하다. 유능하고 최고가 된다는 것은 다른 사람을 지배하는 일이다. 봉칠의 형상은 그런 현실에 대한 풍자와 조롱을 역설적이면서도 통렬하게 보여주고 있다.

중편 「소실점」은 무너져있는 우리의 산촌을 리얼하게 그리고 있다. 산촌의 현실을 통해 결국 우리들을 돌아보게 만드는 각성의 시선이 강한 작품이다. 외부세계 어디에도 설 곳이 없다는 인식 앞에 놓인 남자 셋이 한사코 숨어드는 곳은 산이다. 일종의 인간성의 안전지대가 바로 산이기 때문이다. 단절과 고립의 틀 안에서 이루어지는 세 남자의 특별한 연대는 아마도 작가 나름의 세계를 극복하려는 의지일 것이다. 작가는 그런 의도 속에서 세 남자의 현재 상처와 과거를 순서 없이 뒤섞어 버린다. 그것은 작가가 현실의 참담함에 답답해 한다는 증거이기도 하다.

솔치 산꼭대기의 십여 가구가 있는 동네에 집채만 한 굴삭기를 앞세운 중장비들이 들어와 굽은 길을 펴고 아스콘을 깐다. 까맣게 윤기 흐르는 아스팔트길이 완성되고 길 한가운데로 황색선이 그어지면서 산천의 모습이 이쪽저쪽으로 완전히 갈라진다. 동네 사람들은 대부분 이사를 가고 주막집을 하던 꼭

대기 집 광식네, 바로 아랫집 원철이네, 길 건너 윤구네 이렇게
셋이 남는다.

넓은 새 길이 집을 볼품없이 만들어놓고 갈라놓았다.
옛 마을의 모습은 모두 지워져 버렸다. 단지 세 사내만 옛
사람으로 남겨졌다. 이들은 서로를 지키고 과거를 간직
하려고 해를 거듭할수록 밀착되어갔다. 시간이 나면 함
께 소주를 마셨다. (「소실점」 중에서)

막내인 윤구와 중간인 원철이 제일 큰형인 광식이는 틈만
나면 모여서 술을 마신다. 그들은 솔치 마을에서 살다가 뼈를
묻는 게 행복이라고 믿고 있지만 현실은 그렇지 않고 세상은
빠르게 변한다. 아내들은 원주시내에 나가는 재미에 빠져 살고
아이들은 모두 도시로 떠나버렸다. '사내들은 바깥세상이 얼마
나 변했는지 제대로 알지도 못하고 알고 싶어 하지도 않았다.
그럴수록 현실 세상에서 보면 바보가 될 수밖에 없지만 이들은
전혀 관심이 없었다.' 아직 산이 그대로 있고, 세 사람은 그곳
에서 서로 의지하며 마음을 달래면서 '숲 속을 내달리던 자신
들의 모습을 찾아 저마다 눈길은 벽을 뚫고 아련한 옛날로 돌
아가'고는 했다. 땅값이 오르기만 기다리던 광식이 아내가 드
디어 땅을 판다. 광식은 고향을 떠나기 싫지만 그의 아내는 한

사코 떠나자고 고집을 부린다. 자꾸 아버지 생각이 나던 광식은 결국 소주에 농약을 타서 마시고 죽는다. 그의 유골이 뿌려진 산 앞으로 아무 일 없다는 듯 차들만 씽씽 달린다. 그사이에 땅을 팔아치운 원철의 아내는 바람이 나서 집을 나가더니 돌아오지 않는다. 원철은 윤구와 술을 마시면서 절규처럼 내뱉는다.

> "그러구 혹시 내가 먼저 가거든 화장해서 앞산 능선 마루에 뿌려줘. 저기 올라가면 산 밑에서 올라오는 사람들이 다 보였잖어. 장에 갔던 엄마가 나타나길 눈 빠지게 기다렸지. 엄마 모습이 멀리 보이면 쏜살같이 뛰어 내려왔어. 그 시절이 너무 그리워," (「소실점」 중에서)

땅이 없어진 원철은 의욕을 상실하고 호드기만 분다. 서른아홉에 죽은 원철의 아버지도 호드기를 잘 불었다. 하지만 남편이 일찍 죽은 것을 호드기 때문이라고 생각한 어머니는 원철에게 절대 호드기를 불지 못하도록 당부했다. 그 약속을 잘 지키던 원철이 갑자기 호드기를 불었고 그 소리는 듣기에 청승맞게 좋았다. 호드기만을 불던 원철은 결국 피를 토하고 죽었다. 함께 의지하며 살던 두 사람을 보내고 혼자 남은 윤구는 나날이 미쳐갔고 그의 아내는 기어이 땅을 팔고 만다.

아직 자고 있는 아내를 힐끗 보곤 아침 일찍 윤구는 집을 나섰다. 땅이 팔린다, 땅이 팔린다, 거듭 중얼거리며 원철의 집에 도착했다. 마당으로 들어섰다.

"형."

아무 대답이 없다.

"원철이 형!"

여전히 아무런 대답이 없고 스산한 바람만 불어왔다. 텅텅 빈집이다. 이런 일은 처음이다. 풀들만 우쑥 자라나 마당을 덮어가고 있었다. 어제도 형과 술을 마셨었다. 지금은 완전히 빈집이다. 어디에도 형의 온기가 없다. 울음이 터져 나왔다. 견딜 수 없는 외로움이 전신을 파고들었다. 세상이 캄캄해졌다. 절망이다. (「소실점」 중에서)

원철은 형들의 뒤를 따라가려고 소주와 농약을 섞어 마시려는데 뒤늦게 뛰어 들어온 아내가 낚아채 들이키고 만다. 윤구가 다급히 대접을 뺏었지만 이미 늦었다. 윤구는 남은 농약과 제초제를 술과 함께 마신다. 고통의 시간이 지나고 아무 것도 보이지 않는다. 하지만 곧 '솔잎 틈새로 하양빛살이 무수히 쏟아지는' 것이 보인다. 그렇게 그들은 갔지만 산천은 계절 따라 바뀌고 있었다.

얼음 밑에서 졸졸졸 물 흐르는 소리가 들리면 버들강
아지가 핀다. 바람이 몸속으로 파고들어도 제법 따뜻한
햇살에 양지쪽은 해토가 된다. 부드러워진 흙을 밟으며
냉이, 씀바귀를 캔다. 봄내음이 상에 올라온다. 산에는 동
박이 노란 방울을 터트리며 봄이다 하고 외치면 들판 여
기저기서 쑥들이 쑥쑥 올라온다. 하지만 이대로 봄이 되
는 건 아니다. 청명을 따라 올라오는 꽃샘추위다. 매서운
바람에 눈보라가 겹치면 봄은 겁을 먹고 움츠려 든다. 잠
깐의 고통일 뿐 곧 봄은 온다. 태양이 더 오래 비추고 진
달래를 선두로 꽃이 핀다. (「소실점」 중에서)

이 작품은 경제발전이라는 것이 어떤 방향으로 인간을 변화
시키고 있는가를 비극적으로 묻고 있다. 인간들이 경제발전의
주체가 되어야 하지만 지금은 경제발전의 미명에 인간이 지배
당하고 있다. 인간들은 그 덫에 걸려버린 것이다. 이 소설은 그
덫의 지점을 아프지만 명확하게 직시하고 있다. 경제발전에 의
존한 나머지 점점 현실감각과 자아를 잃어버리는 현대인들에
게 자연이라는 구체성 앞에서 근원적으로 사유하고 성찰하자
는 메시지가 담긴 작품이다.

이 소설은 사회적 약자나 타인의 고통에 대해 소설이 할 수
있는 것이 무엇인지 정공법이 아닌 산천을 통해 우회적으로 우
리에게 묻고 있다. 소설속의 너덜너덜해진 사내들은 마치 현재

의 자연의 모습 같이 읽힌다. 작가는 그 너덜너덜한 현실을 아파하면서도 슬그머니 껴안고 있다.

이 소설은 다양한 아버지들의 이야기이기도 하다. 그간 한국문학 속의 알레고리 차원으로 존재하던 아버지를 그냥 즉자적이고 생물학적이며 나약한 인간으로 그리고 있다. 이런 아버지들의 모습이 다양한 서사성 속에 놓여서 그런지 울림이 더 짙다.

3

위에서 살펴본 것처럼 강천식 작가의 소설은 별다른 소설적 구도 없이 성취해 낸 정직하고 진실한 풍경이다. 이 작업 자체가 우리 소설의 개척이라는 점에서 박수를 보내고 싶다. 우리는 약육강식의 악순환의 고리에 스스로를 가두고 있는데 강천식 작가의 소설은 그런 것과 다르면서도 같은 의미의 '고리'에 관해 이야기를 하고 있다. 그것은 자연을 파괴함으로써 생명을 살아가게 하는 그 모순의 고리이다.

『만달이』의 소설 속 화자들은 세상을 살아가면서 끊임없이 저만의 '만달이'이를 그리워하고 있다. 그리고 그들은 자신이 초라하고 어려운 상황에 놓여 있음을 감지하면서도 대놓고 성찰적인 수치심이 일어나는 것이 아니라, 근원적이고 본래적인 무엇인가를 끊임없이 갈구하며 살고 있다. 그래서 못살고 가난한 것이 수치가 아니라, 산이 뚫리고 번듯한 아스팔트 도로가 생기고 자고나면 눈앞에 건물이 들어서는 현재가 수치스러운 것이다.

『만달이』는 우스꽝스러운 행동 속에서 의외로 빛나는 통찰, 무모한 것처럼 보이는 어리석음 가운데 폐부를 찌르는 통렬함의 발견이 있다. 자신의 근원을 찾아가는 과정, 조각난 감각으로 남아 있는 옛 기억과 기원을 찾아가는 과정이 만달이라는 이름 자체보다는 그 이름이 붙여진 시절에 대한 찬가이다. 가령 만달이를 기억할 때 그의 얼굴은 쉽게 복원할 수 없지만 그 이름이 태어난 자리와 시기를 조심스럽게 기억하고 더듬고 있다. 그런 차원에서의 소설 속 인물들이 자신의 시간을 좇는 그 과정이 인상적이다.

소설에서 기억을 둘러싼 이야기의 방식은 여러 가지 있을 수 있다. 『만달이』에서는 그 기억의 흔적을 좇으면서도 그 순간에 만났던 사람들의 흔적과 마주하고, 그 흔적을 통해서 분명히 존재했던 어떤 시절과 사람들의 정서적 혹은 근원적인 문제를 건드리고 있다. 그 기억을 복원하는 과정에서 형성되는 여러 겹의 이야기 관계성 덕분에 이미지가 고착화거나 굳어지지 않는다. 소설을 읽다보면 함부로 단정할 수 없는 이야기 형식이나 정서가 나타나는데 그것은 바로 산천의 이미지가 중심에 자리 잡고 있기 때문이다.

감정이나 감각은 삶의 현장에서 실재적으로 들어설 자리는 어렵다. 인생에서 그런 것들은 덧없고 속절없는 그림자 역할을 하는데 『만달이』에서는 오히려 산천이라는 자연에 의지해 주위를 환기시키는 과정으로 나타나고 있다. 그 과정을 거치면서 우리가 쉽게 언어로 환원할 수 없는 이미지를 강렬하게 드러내고 있다. 기억을 복원해 낸 시절을 통해 삶의 근원을 성찰하게 하는 힘을 독자들은 느낄 수 있다.

지금 우리가 살고 있는 세상은 우리에게 더 많이 더 높이 올라야 한다고 다그치고 있다. 하지만 더 많이 가지고 더 높이 오를수록 목표점은 더 멀리 있을 뿐이다. 강천식 작가의 소설은 이런 사회와는 동떨어져 살아가는 사람들의 이야기이다. 우리들은 엄청난 낭비와 과소비 속에서도 병적인 허기증을 느끼고 있다. 『만달이』이는 그런 우리들에 대한 야유이면서 조롱이다. 소설 속 인물들은 현실에 적응하지 못하고 도태된 것이 아니라 낭비와 방탕, 포식, 파괴를 일삼은 현대인들에 대한 준엄한 경고이자 질책을 하고 있는 것이다.

『만달이』는 개인의 근본적이고 검소함이라는 윤리적인 선

택을 이야기 하면서 만약 한 개인이 생존하는데 필요한 모든 것을 갖고 있으면서도 무언가를 더 원한다면 비윤리적이라고 질책한다. 『만달이』에 실린 세 편의 단편과 한 편의 중편은 그런 윤리에 관한 이야기이면서 다른 누군가를, 무엇인가를 희생시켜 얻는 것의 비윤리성을 신랄하게 지적하고 있다.

강천식 작가는 봉칠이가 마당에서 혼자 가지고 노는 빗자루를 앞세워 시간을 허비하지 말라고 다그치는 냉혹한 현실을 모질게 야유하고 되받아치고 있다. 이것이 바로 강천식 작가 소설의 힘이다. 돈 뿐만 아니라 시간, 기술, 발전, 속도의 포로가 되어 있는 우리에게 단순함과 검소함의 자연 속으로 돌아가면 이런 광기의 삶속에서 벗어날 수 있다는 것을 역설적으로 보여주고 있다. 이 광란의 세상으로부터 벗어나 올바른 리듬을 되찾는 것은 산천이 있는 자연으로 돌아가는 것이다. 시멘트로 무장한 도시는 그냥 생존을 위해 만들어진 공간일 뿐이다. 그곳은 편리하지만 영혼이 없다.

강천식 작가는 오래되고 낡은 집이라도 인간이라면 영혼이 있는 집에서 살아야 하는 것이 아니냐고 말하고 있다. 그래서 『만달이』의 인물들은 세상에 적응하지 못하는 것 같지만 실상은 남의 기준이 아니라 자신의 기준으로 생각하고 살아가는 현자들이다. 사회통념 혹은 사회 속에 자신을 억지로 맞추는 것은 용기 없는 삶이고 일종의 속물근성이다. 『만달이』는 그런 속물근성에 젖어 허우적거리는 현대인들에게 내리치는 죽비 같은 깨우침이자 스스로 정직한 소설이다. 이 소설을 읽으며 정직한 글을 만나는 기쁨이 아주 컸다.

작가의 말

소설을 쓰겠다고 한지 20년이 훨씬 넘었지만, 가슴에만 담겨있고 행동으로 옮겨지지 못했다. 포기 직전인 2013년 여름, 두 사람을 만나 문학 얘기로 뜨거운 2박 3일을 보냈다.

그 기운으로 늦었지만 글쓰기에 매진했다. 그리고 첫 소설집을 엮게 되었다. 자칫 태어날 수 없었던 이것이 태어나게 된 것은 두 분, 출판사 대표 박지연과 소설가 김성달이라는 인큐베이터가 없었다면 불가능했을 것이다. 이 문학이 나름의 숨을 쉬게 된다면, 우리가 함께 만들어낸 행운의 열매임이 틀림없다. 도와주신 모든 분께 감사드린다.

난 아직도 전기밥솥보다 불을 때서 밥을 만드는 무쇠솥이 좋다. 글쓰기도 그런 쪽이었던 거 같다.

독자께서도 그런 느낌을 받았으면 너무 좋겠다.

배부릉산 화봉암에서

저자가

만달이

초판 1쇄인쇄 2016년 1월 26일
초판 1쇄발행 2016년 1월 28일

저 자 강천식
발행인 박지연
발행처 도서출판 도화
등 록 2013년 11월 19일 제2013-000124호

주 소 서울시 송파구 성내천로 39
전 화 02) 3012-1030
팩 스 02) 3012-1031
전자우편 dohwa1030@daum.net
인 쇄 미래프린팅

ISBN Ⅰ 979-11-86644-08-9*03810
정가 10,000원

도화道化, fool는
고정적인 질서에 대한 익살맞은 비판자,
고정화된 사고의 틀을 해체한다는 뜻입니다.

언덕 산소 옆 대추나무 가에 앉아 있던 모습, 오솔길에서 마주치면
빙그레 웃던 모습, 도랑에 쭈그리고 앉아 한없이 흘러가는 물을 바
라보던 아담한 노인, 굴 위 언덕에 올라서 해 질 녘의 마을을 한없이
바라보던 노인, 만달이었다.